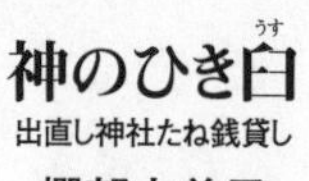

神のひき臼

出直し神社たね銭貸し

櫻部由美子

角川春樹事務所

本書は、ハルキ文庫のために書き下ろされた作品です。

目次

本文デザイン／アルビレオ

神のひき臼

出直し神社たね銭貸し

第一話　ある搗き米屋の娘へ
――たね銭貸し銭八百文也

「本日はようこそお参りくださいました。一年後のご参拝をお待ちしております」

笹藪の小道を帰ってゆく客を見送ると、おけいはよく晴れた空を見上げて伸びをした。

おけいがお蔵茶屋から出直し神社に戻って、ひと月が過ぎようとしていた。すでに春の花は散り、両隣の寺院と笹藪に囲まれた神社の敷地に薫風が吹いてくる。

白い葉裏をみせて夏草がさざめくさまを見ていたおけいは、『あっぽー』と鳴く間抜けた鳥の声に、再び顔を上げた。

「あら、閑九郎。いつからそこにいたの」

枯れ木を組み合わせた鳥居の上に、カラスよりひとまわり小さな鳥がとまっていた。羽が真っ黒で目の上だけが老人の眉のように白い姿は、貧乏神のお使いとされる閑古鳥だ。

『あっぽう、あっぽう、あっぽう、ぽうー』

普段あまり鳴かない閑古鳥がせわしく鳴いた。すると下谷の寺社地に通じている笹藪の小道から人影が現れた。さっきの参拝客が戻ってきたのかと思ったがそうではない。きょろきょろとあたりを見まわしているのは、赤子を背負った子守り娘だった。

「あ、あの、ここは、どこでしょうか」

鳥居の内側にいるおけいを見て、心もとなげに訊ねてくる。

「ここは出直し神社です。ご用があって来られたのではないのですか」

子守り娘は首を横に振った。

「橋の上でおかしな鳥の声を聞いたんです。どんな鳥なのか気になって声を追いかけているうち、ここまで来てしまって……」

どうやら閑古鳥に誘い込まれたらしい。常人には見えない鳥なのだが、たまに鳴き声だけを聞く者もいる。姿を見ることができるのは、おけいのほかに、あと一人——。

「お客さまかい。上がってもらうといいよ」

その一人が、社殿の扉の前でこちらを見ていた。白い帷子を着て、薄くなった白髪を頭の上でちょこんと結わえた小柄な老婆である。

「いいえ、婆さま。道に迷ったらしいのですが」

「閑九郎が連れてきたのだろう。だったら立派なお客さまだ」

早くこいと急かされ、おけいは子守り娘を社殿へといざなった。不安そうな顔でついてきた子守り娘は、社殿の階段をきしませながら小声で訊ねた。

「あのおばあさんは、どなたですか」

「うしろ戸の婆さまです。この神社をお守りしている方なのですよ」

昨年の秋から出直し神社で手伝いをしているおけいでも、うしろ戸の婆の本名は知らなかった。訊ねても教えてくれない。本人以外は誰も知らないのではなかろうか。

古ぼけた社殿に入ると正面に祭壇がある。祭壇の棚に鎮座しているのは、目鼻を描いた棒切れに白い御幣を巻きつけた貧乏神だ。出直し神社では、貧乏神をご祭神としてお祀りしているのである。

「そこへお座り」

祭壇を背にして座った婆が、目の前に置かれた藁座を指さした。

「和泉橋から赤子を背負ってきたのなら、さぞかし疲れただろう」

さっき子守り娘は『橋』とだけ言った。それを婆が和泉橋と言い直したのは、けっして当てずっぽうではない。

「座ってください。いまお水を持ってきますから」

なかなか腰をおろそうとしない子守り娘に言いおいて、おけいはいったん扉の外へ出た。

縁側の隅に置かれた水瓶から茶碗に水をいれて戻ると、婆と向かい合った子守り娘が、今にも泣きそうな顔で座っていた。

うしろ戸の婆の右目は白く濁っている。しかし、左の目だけは湧き出す泉のごとく黒々と澄んでおり、見つめられた者は、心の底まで見透かされた気分になってしまう。

　あれは千里眼といって、遠くのものや、常人には見えないものが見えるありがたい眼なのだと、前に世話になった骨董屋の店主が教えてくれたが、子供には得体のしれない怖さを与えたかもしれない。

　子守り娘の不安が伝わったか、急に背中の赤子がむずかりだした。

「差しつかえなければ、お水を飲むあいだだけでも、わたしがお預かりしましょう」

　子守り娘は素直にねんねこ半纏の紐をといて、おけいに赤子を渡した。腕の中におさまった赤子は、おけいが軽くあやしただけでむずかるのをやめた。まるで何かに驚いたような、まん丸い目をした赤子である。

「あら、いい子。もう機嫌を直してくれましたよ」

「抱っこがお上手なんですね。万作はむずかしい子で、おんぶして歩きまわってやらないと機嫌が悪いんです」

　水を飲み干した子守り娘は、さっきより落ち着いた口調で言った。

「あんたたちは、姉弟だね」

「はい」

婆の問いかけに、子守り娘がうなずく。

「名前と歳を教えておくれでないか。どこのお店の子かも」

「千代といいます。歳は九つ。馬喰町の〈十石屋〉という搗き米屋の娘です。弟の万作は去年の四月に生まれました」

おけいは予想がはずれた。てっきりどこかのお店に雇われた女の児が、子守りをしているものと思っていた。お千代の色あせた格子柄の着物には繕いの跡がいくつもあったし、よほど貧しい家の子でないかぎり、今は手習いに通っている時分だからだ。

「それで、搗き米屋の娘が、橋の上で何をしていたのだね」

「川が流れるのを見ながら、考えごとをしていました」

茶碗を置き、ご馳走さまでしたと礼を言ったあとで、お千代が続けた。

「考えていたのは、おっ母さんのことです。それから店を出ていったお里や、おシカのこと。手習いのお師匠さまのことも。いつになったら手習い処に戻れるのか考えていたら、なんだか悲しくなって。そこへおかしな鳥の声が聞こえてきたもので――」

鳥のことはさておき、と、うしろ戸の婆は閑古鳥から話をそらした。

「もう少し詳しく話してごらん。場合によっては、あんたに〈たね銭〉を授けてくださるよう、神さまにお願いしてやろうじゃないか」

出直し神社では、たね銭貸しをしている。たね銭とは商いの元手になる縁起のよい金のことで、借りた分は一年後に倍額を返さなくてはならない。人目につかない場所にひっそりたたずむ出直し神社だが、たね銭を求める参拝客が、日に一人か二人は訪れるのだ。

(でも、子供にたね銭を授けるなんて初めてだわ。閑九郎が誘い込んだようだし、なにか事情があるのかしら……)

おけいの思案をよそに、うしろ戸の婆は祭壇の裏から琵琶(びわ)を持ち出した。古色蒼然(こしょくそうぜん)として、ネズミに齧(かじ)られた穴まである琵琶だ。婆が祝詞(のりと)を唱えたあとでこの琵琶を揺すると、穴からたね銭が転がり落ちるのである。

「さあ、お千代さん」

ぼろぼろの琵琶をご神体の前に置いた婆は、あらためて搗き米屋の娘と向き合った。

「あんたの人生について聞かせてもらうよ。難しく考えなくてもいい。たとえ九歳でも、自分の家のことや、困っていることなら話せるだろう」

しばらく逡巡(しゅんじゅん)していたお千代だったが、やがて心を決めたのか、斜向(はすむ)かいに座っているおけいに伺いをたてた。

「もう少しだけ、万作をお願いしてもいいですか」

おけいがうなずくのを見て、お千代は自分の困りごとを語りだした。

馬喰町の裏通りに店を構える〈十石屋〉は、小店ながらも搗き米屋としての暖簾(のれん)は古い。大口の得意先は少ないが、店先へ米を買いにくる客を相手に地道な商いを続けている。

今年で三十歳になる店主の壱兵衛は、すこぶるつきの真面目な男だ。ただし気が弱いのが玉に瑕で、人さまばかりでなく家族に対してさえも及び腰である。

そんな亭主を裏で支えてきたのが女房のお粂だった。しかしこのお粂こそ、町内で知らぬ者のない曲者おかみであった。

「うちのおっ母さんは、何につけても始末を大事にする人です」

お千代の言う始末とは、倹約のことである。嫁にきた当初から財布の紐が長いと噂されたお粂だったが、歳を重ねるにつれて始末心に拍車がかかったらしく、余分な銭は一文たりとも使おうとしないらしい。

「近ごろは店のお金の出入りにまで口を挟むので、お父つぁんも困っています。古いお付き合いの旅籠から、晦日の払いを少し待ってくれと頼まれたときも……」

承諾しようとする壱兵衛を押しのけ、お粂が文句を言いたてたことで、あやうく得意先を失いかけた。

とにかく『もったいない』が口ぐせのお粂は、家人が無駄遣いをしないか常に目を光らせ、重箱の隅を楊枝でつつくように小言を言う。女中のおシカなどは、お粂の度をこした吝嗇ぶりが腹に据えかね、口論の末に辞めてしまった。

これはお粂にとっても痛手だった。なぜなら十石屋の先代に恩のあるおシカは、相場よりずっと安い給金で働いていたからだ。

「同じ給金できてくれる人なんて、もう江戸中を探しても見つからないだろうって、お父つぁんも、わたしも、心の中であきらめていました」

しかしお粂は、あきらめるどころか懲りてさえいなかった。口入れ屋に次の女中探しを頼むにあたり、とんでもない条件を言い添えた。

『丈夫でよく働く女中をよこしてほしい。はじめの一年間は見習いだから給金は出さない。住み込みでかまわないが、なるべく飯を食わない女がいい』

口入れ屋はもちろん、この話を聞いた町の人々は、お粂の物惜しみが筋金入りだと感心したり呆れたりした。だが十石屋の家族に感心している余裕はなかった。おシカに続いて子守り娘のお里まで辞めてしまったのだ。

「人手が足りないからって、お里を使いまわして穴埋めしようなんて考えたおっ母さんがいけないんです。お里の仕事は子守りだけの約束なのに、万作をおぶったまま洗濯や掃除をさせて、遠くまで買いものに行かせたりしたものだから」

娘がこき使われていると知った親が、慌てて連れ戻しにきたのだった。

お粂の物惜しみは、十石屋を窮地に追いこむ一方だった。次の女中は見つからず、子守りとして娘をよこす親もない。結局、お粂自身が店の仕事のあいまに家事をやり、万作の子守りはお千代の役目となったのである。

「そりゃまた凄まじいおっ母さんだね。なるべく飯を食わない女を雇いたいなんて、なかなか言えることじゃないよ」

うしろ戸の婆の口ぶりは、面白がっているかのようだ。

「でも、婆さま。お店のお嬢さんがいつまでも子守りをしているのはお気の毒です」

笑いごとではないとおけいが言うのを聞いて、お千代は細い目に涙を浮かべた。

「子守りはいやじゃありません。ただ、今年になってまだ一度も手習い処へ行けていないことが悔しくて……。お師匠さまは万作を連れてきてもいいと言ってくださるのですけど、もし泣いたりむずかったりしたら、ほかの筆子に迷惑をかけてしまいます」

筆子とは、手習い処で読み書きを教わる子供のことだ。ちなみに正月は手習いの休み月と決まっていて、二月一日がその年度の習いはじめとなる。

「あんたは、よほど手習いが好きなようだね」

「はい、お婆さま」

お千代は間髪入れず答えた。

「わたしは学問が好きです。もっと書物を読んで、たくさん学んで、いつかお師匠さまみたいな女師匠になりたいんです」

へえ、と、おけいは感心した。かわいいお嫁さんになりたいと夢みる女の児は多いが、手習い処の女師匠にあこがれる子は珍しい。うしろ戸の婆も、皺深い顔をもっと皺だらけにしてうなずいた。

「よい心がけだ。あんたの困りごとが一日も早く片づくことを願って、神さまにたね銭をおねだりするとしよう。——おお、そうだ」

　祭壇に向かおうとした婆が振り返って言った。

「そこにいるおけいを、しばらく貸してやろう。見た目は小粒でも、おけいはよく働く娘だからね。きっとあんたの役に立つと思うよ」

　びっくりして顔を見合わせるお千代とおけいに背を向けると、うしろ戸の婆は貧乏神の御神体に向かって祝詞を唱えはじめた。


「本当に、うちにきてもらっていいんですか、おけいさん」

　和泉橋を渡ったところで、お千代がもう三度目の同じ言葉を口にした。

「いいんです。婆さまがお決めになったことですし、子守りは慣れていますから」

　同じ答えを繰り返すおけいは、清らかな白衣と若草色の袴（はかま）の上から、ねんねこ半纏に包まれた赤子を背負っている。

「重いでしょう。万作は生まれてまだ一年ですけど、同じころに生まれたよその子よりも育ちが早いみたいで」

　確かに背中の子はずしりと重い。だが、これまで何人もの赤子の世話をしてきたおけいにすれば、とりたてて文句をつけるほどではない。

「そういうお千代さんも、まだ九つなのにお背が高いですね」

「近所の同い年の中では一番の背高です」

お千代は遠慮がちに言った。自分と大して背丈の変わらないおけいが、じつは十七歳の娘であることを聞いたばかりなのだ。

「でも、おけいさんは偉いです。八つのときから働きに出て、あちこちのお店を渡り歩いてきたなんて」

べつに偉くはないとおけいは思った。一人で生きるために夢中で働いてきただけだ。もちろんそんな境遇の娘を見下し、牛や馬のように扱うお店の家族は少なくなかった。働くことが偉いと言ってくれるお千代などは、まれな思いやりのあるお嬢さんだ。

「よかったら、もっとおけいさんのことを詳しく教えてください。どこの生まれで、どんなお店で奉公してきたのですか」

「生まれは神奈川宿に近い村です。でも、すぐ里子に出されて……」

慈しんで育ててくれた里親が相次いで亡くなると、天涯孤独のおけいは品川の蒲鉾屋で見習い奉公をはじめた。その後まもなく江戸店へ移って蒲鉾屋がつぶれたことを皮切りに、染物屋、宿屋、廻船問屋、呉服屋、武家の隠居所などを転々とした。なぜかどの奉公先でも、おけいが働きはじめて一年経つか経たないかのうちに店主が亡くなったり、店そのものがつぶれたりしてしまうのだ。

——わたしには、貧乏神が憑いているのかもしれない。

そんな考えが頭をよぎった矢先、貧乏神を祀る出直し神社にたどり着いた。

不幸を運んでいるかのようなおけいの遍歴を聞いたうしろ戸の婆は、これこそ神さまのお引き合わせだ、めでたい話だと笑い飛ばし、手伝いとして雇ってくれた。

『安心おし。いかな貧乏神でも、自分をお祀りした神社までつぶしたりはしないからね』

そのひと言におけいは救われた。果てしなく続くかと思われた不運にも区切りがつき、婆の言いつけで相談相手として出向いたお蔵茶屋は、つぶれるどころか今や江戸で知らぬ者のない人気店となっている。

「そのお茶屋さんなら知っています。紺屋町の〈くら姫〉でしょう」

おけいの話に耳を傾けていたお千代が、嬉しそうな声を上げた。

「筆子仲間のお照ちゃんが、抹茶の折敷を頼んだって自慢していました。わたしは店の中に入ったことはないのですけど、お庭がきれいに手入れされたことは知っています。だって、わたしの通っていた手習い処は——」

話しながら歩いていたお千代が、急に口をつぐんだ。裏通りの角にある店の前で、両手を腰に当てた女がこちらをにらんでいることに気づいたのだ。

「いけない、おっ母さんだわ」

　あわてて走りだしたお千代が店先まで来るのを待ちきれず、女が小言を浴びせた。

「あんたって子は、今までどこをほっつき歩いていたんだい。昼餉の前に戻るようにって、あれほど言っておいたじゃないか」

「心配かけてごめんなさい」

　お千代は母親に謝りながら、道端で立っているおけいを後ろ手に招いた。

「うっかり道に迷ってしまって、あちらのおけいさんに助けてもらったの」

　蝶々髷を結った巫女姿の小娘が赤子を背負っているのを見て、十石屋のお条と思しき女は、にこりともせず礼を言った。

「うちの子が世話になったね」

　お条の目は糸のように細く切れ上がっていた。頬骨が高いところも娘のお千代とそっくりである。

「あのね、おっ母さん。おけいさんの神社では、急にお社の修理をすることになって、当分おけいさんも他所で寝泊まりしなくてはならないのですって」

　前もってうしろ戸の婆に授けられていた口実を、お千代はもっともらしく説明した。

「どこにも置いてもらえそうなお家がなくて困っていらしたので、よかったらうちにきてくださいと言ってお連れしたの」

　たちまちお条の細い目が、細いなりに見開かれた。

「呆れた子だね。なんの相談もなしに勝手なことをされたら困るじゃないの」

　娘を叱るだけでは足りず、横にいるおけいへ怒りの矛先が移る。

「あんたも厚かましいよ。子供の誘いに乗ってのこのこついてくるなんて、ぜんたいどこの神社の巫女さんだい」

「下谷の、出直し神社からまいりました」

　一瞬、お粂が息を呑んだ。少なくともおけいの目にはそう映った。だがお粂はぶっきらぼうな態度を保ったまま、ぴしゃりとはねつけた。

「そんなけったいな名前の神社は、見たことも聞いたこともないね。ほら、悪いけど子供を下ろして帰っておくれ。うちには余分な口を増やす余裕なんてないんだから」

「ただで置いてくれとは申しません」

　赤子を取り上げようとするお粂の手をかわして、おけいは食い下がった。置いてもらえるなら、自分の食い扶持だけの仕事はさせてもらう。子守りはもちろん、汚れものも洗うし、掃除でも何でもする、と。

「おけいさんは小柄ですけど、お歳は十七だそうですよ」

　お千代もすかさず助け船を出した。

「神社で雇われる前には、あちこちのお店で子守りや下働きをしていたのですって」

「子守りに、下働きも……」

明らかに心を動かされているお粂のうしろから、控えめな男の声が加わった。

「い、いいんじゃないか。子供たちが世話になったのだから」

「――おまえさん」

振り返ったお粂の頭ごしに、赤子の万作そっくりの丸い目がのぞいている。

「う、うちも、おシカとお里に出ていかれて困っているところだし、誰かに手伝ってもらえたら、おまえも助かるだろう」

店主の壱兵衛らしき男は、口やかましい女房の機嫌を取り結ぶように言い添えてくれた。あと、もうひと押しというところだ。

「そりゃあたしだって、猫の手も借りたいほど忙しいよ。けど、借りた猫でも飯は一人前に食うんだから――」

「わたしのご飯でしたら、一食につきお茶碗一杯で十分です」

このひと言でけりがついた。おけいは子守りを兼ねた手伝いとして、十石屋で働くことになったのである。

◎

東の空に昇った朝日が、町屋敷の奥まった井戸端まで細長く差しこんでいた。

白衣の上からたすきをかけ、たらいに水を汲(く)み入れているおけいの前に、桶(おけ)と手ぬぐいを持ったお千代が現れた。

「おけいさん、朝早くからご苦労さまです」

「おはようございます、お千代さん。よい天気になりそうですね」

桶に注いでやった水で顔を洗うと、お千代は手ぬぐいでごしごし顔をぬぐった。言葉つきはしっかりしていても、こんな仕草が子供らしくて微笑ましいとおけいは思う。

「万作ちゃんは、まだ大丈夫ですか」

「いま、おっ母さんがお乳をあげています。ああ、どうしよう。なんだかわたし、胸がどきどきしてきました」

どうしようと言いながら、お千代の顔は嬉しさではちきれそうだ。じつに三か月ぶりで、手習い処へ行くのである。

「おけいさんがきてくれたお蔭です。本当になんて言ったらいいのか――」

「ちょいと、お千代」

十石屋の裏口から、お粂が顔を出した。

「おしゃべりしている暇があったら、朝餉の支度を手伝っておくれ」

はーい、と応え、おけいにだけわかるように舌を出してみせると、お千代は台所へ駆けていった。続いて顔を引っ込めようとするお粂に、おけいが改まって朝の挨拶をした。

「おはようございます、おかみさん。そろそろ十年でございます」

お粂はピクリとこめかみを動かしたが、何も答えようとはしない。細い目でおけいをにらんだだけで、家の中へ入ってしまった。

おけいも自分の仕事に戻った。水を張ったたらいに赤子の洗濯ものを入れ、ざっと汚れを落としたあと、米のとぎ汁に浸してもう一度洗う。今は初夏なので水に濡れるのも平気だ。たとえ指先が凍りそうな冬場であっても、汚れていた布がきれいになると、自分の心まで清められた気がするから洗濯は嫌いではない。

洗濯板を使って汚れものを洗うおけいの頭の中に、うしろ戸の婆から教えられた言葉がよみがえった。

――おはようございます。そろそろ十年でございます。

何がそろそろ十年なのか、じつはおけいにもわからない。十石屋へ行ったら、毎朝お粂にこの挨拶をして返事をもらってこいと、婆に言いつかっているのだ。今日で三日目になるが、お粂には嫌な顔をされるだけで、まだ返事を得られていない。

おけいが洗濯ものを干して台所へ行くと、お粂とお千代が朝餉の支度をしているところだった。赤子の万作はどこかと探せば、土間の隅に置かれた竹籠の中からこちらを見て、ぶうぶう文句を言っている。

「おけい、湯がわいたら鍋にシジミを入れておくれ。味噌は昨日の半分でいいよ」

「承知しました」

手早く万作を背負ったおけいは、洗ったシジミを入れて味噌汁を作った。お千代が板の間に箱膳を並べ、朝餉の膳が整ったころ、帳場にいた店主も台所にやってきた。

「おはようございます、旦那さま」

「や、どうも、どうも、おけいさん」

店主の壱兵衛は腰が低い。せっかく恵まれた体格なのに、まわりをはばかるように背を丸めて歩いては、貫禄も何もあったものではない。でも、おけいのことを〈働いてくれる客人〉と位置づけ、名前を呼び捨てにしない細やかな人でもある。

十石屋の家族が箱膳の前に座り、万作を背負ったおけいも末席についた。あとひとつ、おけいの向かいの席が空いている。

「やあ、お待たせしてしまいました」

額の汗を袖でぬぐいながら入ってきたのは、長身の店主よりもっと上背のある男だった。十石屋にひとり残った奉公人の岩松だ。

「遅いよ、岩松さん。米を運ぶのはあとでもいいと言っただろう」

「すみません、おかみさん」

箱膳の前に窮屈そうにおさまると、岩松は向かい合わせたおけいを見てニッと笑った。四角くていかつい顔が、たちまち人好きのする表情に変わる。

おけいもニッと笑い返した。笑うと大きな口がなおさら大きく見えてしまうことは知っている。頬が丸くて目が左右に離れていることもあり、アマガエルに喩えられたりするのだが、おけいは笑うことを厭わなかった。

このあと手習いへ行くお千代は、声をはずませながら父親に話しかけている。

「みて、お父つぁん。しばらく青菜が続いたけど、今朝はシジミのお味噌汁よ」

「そ、そうだね。少しばかり、その、味噌が薄いようだが……」

お粂にキッとにらまれ、壱兵衛は亀のように首をすくめた。

おけいも薄すぎる味噌汁を味わって、飯を茶碗に一杯だけいただいた。

「では、行ってまいります」

風呂敷包みをかかえたお千代が、満面の笑みで店を飛び出した。

「あんたは掃除をして、それが終わったら買いものだよ。何をどうやって買うのか覚えているだろうね」

「はい、おかみさん。承知しております」

おけいに次の仕事を言いつけると、お粂も前掛けをはずして外へでた。今日だけ娘につき添って手習い師匠に挨拶し、ついでに店の用事をすませてくるという。

お千代が通うのは、紺屋町のはずれにある手習い処だった。先月までおけいが相談相手として出向いていた〈くら姫〉の隣家である。お千代がお蔵茶屋の庭を見たことがあると言ったのは、隣家に出入りする筆子だったからだ。

（いつか、わたしも手習い処へ行くご用にあずかれるとよいのだけど……）

紺屋町の手習い処へ行けば、〈くら姫〉を垣間見ることができる。多忙な女店主とは会えないまでも、なつかしい人々の様子が知れるかもしれない。

ふんわりした期待を抱きながら、おけいは十石屋の店内に戻った。

ギッタン、バッタン、ギッタン、バッタン。

店の中では、大きな音をたてて杵が上下している。唐臼といって、梃子の仕組みを使って人の背丈より長い杵を踏み動かす道具である。十石屋の唐臼はひとつきりだが、杵の長さが十二尺（約三・六メートル）以上もある立派なものだ。

暮らし向きに余裕のある江戸庶民は、好んで白い米を買い求める。玄米の詰まった米俵を問屋から仕入れ、白米にして小売りするのが搗き米屋の商いだった。

ギッタン、バッタン、ギッタン、バッタン。

杵の先に錘の大石をくくりつけ、反対側の端っこに人が乗って踏みこむ。杵が上下に動くことで、地面に埋めこまれた石臼の中の玄米が白く磨かれてゆく。

もっと臼をのぞき込もうとするおけいに、天から声が降ってきた。

「おーい、おけいさん。そんなに近寄っちゃだめだぁ」

「あっ、ごめんなさい」

おけいは慌てて飛びすさり、長い杵の端に乗っている男を見上げた。

「米と一緒に搗いちまっても知らねえぞぉ」

白い歯を見せて笑っているのは岩松だった。ふんどし一枚で、たくましい両足を使って杵を動かしている。天井の梁に結わえた紐をつかんで杵を踏むようになっているのだが、身の丈が六尺二寸（約一八七センチ）近くある岩松は、梁に両手が届いている。

「み、店の中は危ないから、入らないほうがいい」

白米を入れた桶を運んでいる壱兵衛も、通りすがりに声をかけてきた。

「おけいさんは、家の用事を手伝っておくれ」

「申し訳ございません、旦那さま」

大事な赤子をおぶっているというのに、軽はずみなことをしてしまった。おけいは自分を戒めながら店の外をまわり、裏口から家に戻った。

昨日もおとといも掃除をしたので、さして家の中は汚れていない。それでもおけいは座敷の塵を掃き出し、かたく絞った雑巾で畳を拭いた。年季が入った台所の床は、糠袋を使って磨く。顔が映りそうなほど黒光りした床を指先でこすり、キュッキュと音が鳴るのを確かめたら掃除は終わりだ。

「さあ万作ちゃん、次は買いものに行きましょう」

おけいは手さげ籠を持ち、高歯の下駄で表通りを歩いた。旅人宿の多い町として知られる馬喰町には、古い旅籠がずらりと軒を連ねている。大きな辻を曲がって北へと向かい、隣町にある雑穀屋の前で足をとめた。

「ごめんください。十石屋の者ですが、黍を五升と、粟を三升届けてください」

「承りました。昼過ぎにまいります」

まだ若い手代が帳面に書きつけるのを見届けて、おけいは店を出た。

（黍と粟か。わたしはどちらも嫌いじゃないけど）

十石屋では三度の食事に黍と粟を混ぜた雑穀飯を炊いていた。搗き米屋の家族がピカピカの白飯を食べていないと知ったときには驚いたが、これもお粂の始末のひとつで、盆と正月以外に家で白飯が炊かれることはないのだと、あとでお千代が教えてくれた。

飯だけではない。お粂の始末はお菜の買い方にまで行き届いていた。

「すみません、お豆腐をいただきたいのですが、その……」

次に訪れた豆腐屋の前で、おけいは少しばかり言い澱んだ。

「何丁ご入り用ですかい」

「半丁でいいのですが、もし、角がくずれたお豆腐があれば、それを……」

豆腐屋の親父は、むっとした表情で顎をしゃくり、店台の上を示した。

「見りゃわかるだろ、どこにくずれた豆腐があるってんだ」

確かに見ればわかる。平たい桶の中に沈んでいるのは、角がぴんと整った立派な豆腐ばかりだ。それでもおけいは引き下がるわけにはいかなかった。

「では、あの、揚げそこないの油揚げがあれば……」

「おいこら、馬鹿にしてやがるのか。いい加減にしねえと――」

そこで何かに気づいたのか、豆腐屋の親父は怒鳴るのをやめ、巫女の格好をした小娘と、その背中で丸い目を見開いている赤子を交互に眺めた。

「ははあ、さてはあんた十石屋の使いだな。おかみに言い含められてきたんだろう」

はい、と、おけいは認めた。豆腐屋へ行ったら真っ先に角のくずれた豆腐か、揚げそこないの油揚げがないかを確かめ、あれば安く買いたたいて、なければよその店へまわるように知恵をつけられたのだ。

「なんであの吝ん坊に巫女さんが使われているのか知らねぇが、うちにお目当てのものはねえよ。あきらめて帰んな」

旗色が悪いと察したおけいは早々に退散した。それから別の豆腐屋を二軒まわったが、角のつぶれた豆腐には巡り合えなかったので、八百屋へ矛先を変えることにした。あらかじめお条から、豆腐がだめな場合は青物を買うよう言われていたのだ。

手近な八百屋へ行ってみると、運よく安売りの青菜を買うことができた。少ししおれているが水につければしゃんとするはずだ。ついでに店台の隅に追いやられていたワラビの大束も買った。

ようやく買いものを終えたときには、もう日が高くなっていた。おけいが慌てて十石屋へ戻ると、先に帰宅していたお粂が昼餉の支度に取りかかるところだった。

「ただいま戻りました、おかみさん」

「遅いよ。それで豆腐は買えたのかい」

つぶれた豆腐も揚げそこないの油揚げも買えなかったことを詫びると、お粂は手さげ籠の中をのぞき込んだ。

「仕方がないね。早くこの青菜を洗って……おや、これはワラビじゃないか。こんな手間のかかるものをたくさん買って、いったい誰が――」

「下ごしらえは、わたしがやります」

お小言がはじまる前に、おけいが申し出た。

「とても買い得だったんです。明日の夕餉には食べられるようにしておきますから」

買い得と聞いて、お粂もそれ以上は何も言わなかった。

「ただいま、おけいさん。わたしも手伝います」

昼餉の膳を運んでいるところへ、お千代が駆けこんできた。手習いが終わるのは八つどき（午後二時ごろ）なので、筆子たちはいったん家に戻って昼餉をとるのだ。

「大丈夫ですよ。もう支度はできましたから、召し上がってください」

十石屋では家族と奉公人が全員そろって朝夕の食事をとるのだが、店を開けている昼間だけは、手がすいた者からすませることになっている。

お千代はまだ息を弾ませながら、おけいが差し出す飯茶碗を受け取った。お菜は青菜のお浸しにすり胡麻をかけたものと、ぬか漬けのたくあんが二切れだけ。それでもうまそうに雑穀が混ざった飯をたいらげると、慌ただしく午後の手習いへ出かけていった。

次に入ってきたのは店主の壱兵衛で、入れ替わりに岩松も昼餉をすませた。どちらも大柄な男だが、茶碗に二杯の飯を食っただけで箸を置いた。

誰も三杯目のおかわりをしないことに首をかしげながら、おけいは茶碗一杯の飯を大切にいただいて、ワラビの下ごしらえに取りかかった。

大きな飴色の甕を台所の隅に据え、ひとつかみのワラビを甕に入れて、かまどの中から集めておいた木灰を振りかける。これを交互に繰り返し、材料がすべて甕の中におさまったころ、火にかけていた鍋の湯がわいた。

「湯が跳ねたら危ないですからね、万作ちゃんはここにいてください」

竹籠の中で万作がおとなしくしているのを横目に見ながら、おけいは煮えたぎる湯を甕に注ぎこんだ。じゅわじゅわっと立ちのぼる酸っぱい臭いの湯気にかまわず、ワラビが浸るまで熱湯を注ぎ続け、仕上げに重い木の蓋をかぶせる。湯が冷めたらきれいに洗ってひと晩水にさらせば、あくが抜けているはずだ。

これらの手順を、おけいは初めての奉公先だった蒲鉾屋の台所女中に教わった。ワラビは煮付けだけでなく、白和え(しらあ)や酢のものとしても使える。おけいとしては十石屋の家族に少しでもおいしいお菜を食べてもらいたい。

（せめて角のつぶれた豆腐と、揚げそこないの油揚げだけでも買わないと……）

明日はもっと早く朝の用事をすませて買いものに行こうと心に決めた。

◉

翌朝、おけいは夜明けとともに床を離れ、昨夜のうちに洗って水にさらしておいたワラビの甕を裏庭へ持ち出した。

（いい出来だわ。あくが抜けて、きれいな緑色になっている）

昇ったばかりの朝日を浴びたワラビは、繊細なヒスイ細工のかんざしのようだ。のんびり眺めてはいられない。甕を台所にもどし、たらいを引き出して洗濯をはじめる。

ざぶざぶ洗っていると、頭の上に大きな影がおおいかぶさった。

「よう、早くから精がでるな」

「おはようございます。岩松さんこそ早いですね」

上からのぞき込んでいるのは、仁王さまのような大男だった。

「今日は二軒分の旅籠の米を搗(つ)くことになっているんだ。朝から頑張らねぇと」

そう言って裏庭の土蔵に入った岩松は、米俵をひとつ担いできた。店の土間に米俵を置くと、すぐ戻ってきてもうひとつ運ぶ。岩松の手にかかれば、重いはずの米俵が真綿でも入っているかのように見えてしまう。

腕力があるだけでなく、岩松はたいへんな働き者だった。大きな唐臼を踏むには、たとえコツをつかんでいたとしても強靭（きょうじん）な身体（からだ）と胆力が必要である。よその搗き米屋では男衆が交代で唐臼を踏むが、岩松は朝から晩まで一人で踏み続けた。

（よーし、わたしも頑張ろう）

おけいは気合を入れなおし、米のとぎ汁で洗濯ものを洗った。本当はサイカチの実を泡立てて擦（こす）れば汚れが落ちやすいのだが、米のとぎ汁を使えばよけいな銭はいらないのだから贅沢（ぜいたく）は言えない。襁褓（むつき）がきれいになったころ、裏口からお条が顔をだした。

「裏の長屋に納豆売りがきたら買っといておくれ」

今朝のお菜は納豆らしい。承知いたしましたと応えておけいは立ち上がった。うしろ戸の婆に言いつかった挨拶をするためだ。

「おはようございます、おかみさん。そろそろ十年でございます」

お条は嫌そうな顔をしただけで、台所に引っ込んでしまった。

「ねえ、おっ母さん。さっきの話だけど、かまわないでしょう」

朝餉の席で納豆汁をすすっていたお千代が、母親の顔色をうかがった。

仕方がないねぇ、と、お粂がしぶしぶうなずくのを見て、お千代は横で万作に粥を食べさせているおけいに言った。

「あのね、もし手がすいていたら、手習い処までお迎えにきてほしいの。お昼前はおけいさんも忙しいでしょうから、午後の手習いが終わるころにきてくださいな」

「お千代さんの、お迎えですか」

紺屋町の手習い処へ行けば、〈くら姫〉の様子をうかがうことができる。おけいとしては願ったり叶ったりだが、近所の子供と誘い合わせて通っているというお千代が、なぜ急に迎えを欲しがるのだろう。

「わ、わたしからも頼むよ。今日だけでもいいから迎えに行ってやっておくれ。よその店の子にはお供の送り迎えがついているようだしね」

いぶかしそうなおけいに、店主の壱兵衛も言い添えた。

「承知いたしました。それでは八つ前に行かせていただきます」

「うれしい。これでひと安心だわ」

大喜びのお千代は、はずむような足取りで出かけていった。今日は十石屋の家族が寝間にしている座敷を念入りに掃除するつもりだった。日が入らないせいか、古い建屋の中でもこの座敷だけが暗くて重苦しい感じがして、おけいはずっと気になっている。

畳を隅々まで拭き終わるころ、四つ（午前十時ごろ）を告げる鐘が聞こえてきた。

（いけない、早く買いものに行かないと）

おけいは手さげ籠を引っつかみ、帳場の板の間から店を見渡した。

調子よく弾む唐臼の上には岩松がいる。その脇では、餅つきのような杵と木臼を使って、壱兵衛が米を搗いている。お粂は店先に出て、たらいに盛った米を売っていた。

「おかみさぁーん」

手さげ籠を振ってみせるおけいのもとに、お粂が店を通り抜けてやってきた。

「今から買いものかい」

「はい、何を買ってまいりましょうか」

そうだねぇ、と、お粂は細い目をすがめて考えた。

「あんたのワラビが食べられそうなら、油揚げと煮てみよう。今日は松枝町（まつえだちょう）の豆腐屋へ行ってごらんよ。あすこの嫁はおしゃべり好きで、客と話し込んでは油揚げを揚げそこなうから、焦げたものがあったら値切っておやり」

「豆腐はいかがいたしましょう」

「角がつぶれたのがあれば買っていいよ。それと、松枝町へ行くついでに干物屋によって、捨て売りの〈目なし〉がないか見ておいで。なければ買わなくていいから」

「目なし、ですね。承知いたしました」

小銭を預かり、さっそく出かけようとするおけいの背中に、お粂の声が追いかけてきた。

「ああ、それとね、今朝の納豆は中身が少なかったよ。あれじゃいけない。次からは面倒がらずに重い藁苞を選んで買うこと。わかったかい」

「はい、申し訳ございませんでした」

振り返って頭を下げたときには、もうお粂は店先へ戻っていた。大きな藁苞の納豆を選んで買ったのだが、見た目だけで選んでいるようではまだ半人前というわけだ。

束の間しょんぼりしたおけいは、気を取り直して松枝町へ走った。

お粂に教えられた豆腐屋では、おあつらえ向きの焦げ目がついた油揚げが見つかった。店の若おかみに掛け合って一文だけまけさせると、勢いに乗って干物屋へ突き進んだ。

干物屋の店台には、カレイの一夜干しやアジの開き、イワシの丸干しなどの干物が並んでいたが、買ってくるよう言いつかった〈目なし〉は見あたらなかった。考えてみれば、おけいはそれがどんな魚か知らないのだ。

「あの、すみません」

つまらなそうにハエを団扇で払っている店番の女に聞いてみる。

「こちらに〈目なし〉という魚はありますか」

女が団扇の先で目刺しの山を示した。

「でも、それは……」

「あんたが探している〈目なし〉だよ」

戸惑うおけいに、女は面倒くさそうにしながらも教えてくれた。

小型のイワシに塩をふり、竹や藁で目を刺して数匹連ねて干したものが目刺しである。漁村で作られる目刺しは、江戸の塩乾物（えんかんぶつ）をあつかう市場へと運ばれ、仲買を経て小売りの店に買い取られるまでに、竹や藁から抜け落ちてしまうものがあるのだという。

「抜けた目刺しは目のあたりを欠いちまっているけど、捨てるのはもったいないから、ひとところに集めておいて安く売る。うちではそれを〈目なし〉と呼んでいるのさ」

なるほど、笊（ざる）に盛られているイワシは不ぞろいで、目や頭が欠けたものばかりだ。

「どうする。ひと盛りで二十文だよ」

「いただいて帰ります」

おけいは持参した風呂敷に半端ものの目刺しを包んで籠に入れた。

これで帰宅してもよいのだが、もう一軒だけ近くの豆腐屋へ立ち寄ってみることにした。おけいが十石屋の使いと見抜いてすげなくした親父の店だ。

「また、あんたか」

やはり親父は歓迎してくれなかったが、おけいもあきらめなかった。

「すみませんが、角のくずれたお豆腐があれば……」

あんたも懲りねぇ人だな、と、親父は呆れた顔をした。

「何度きたって一緒だよ。うちには十石屋に売る豆腐なんざ——」

「親父さん。そんなこと言わずに、売っておやりよ」

いきなり割り込んだ声に振り返ると、茶色い棒縞（ぼうじま）の着物の女が立っていた。

「この人に意地悪したってしょうがないだろう。あるなら売ってやっておくれ」

豆腐屋の知り合いらしいが、なぜかこちらの味方をしてくれている。

「まあ、おめえがそう言うなら……」

親父は店の奥から桶をひとつ持ち出すと、おけいを見下ろして言った。

「いいか、割れたり角がつぶれたりした豆腐ってのはな、大抵の店ではガンモドキにしてるんだ。うちじゃガンモは作らねえ代わり、決まった客に安く売っている」

決まった客というのは、長年のお得意さまである旅籠や料理屋、大勢の奉公人を抱えた大店（おおだな）などのことだ。初めてきた小娘に買い得の品を渡すことなどないのである。

「すみません。あつかましいお願いをしました」

親父のもっともな説教に、おけいは頭を下げた。

「いいから今日はこれを持って帰れ。二、三日したらまた来い」

差し出された桶の中には、角がほんのちょっぴり欠けた半丁豆腐が沈んでいた。

おけいが礼を言い、木綿の布でていねいに豆腐を包んでぶら下げたときには、口を添えてくれた女の姿はどこにもなかった。

慌ただしく昼が過ぎ、いつの間にか日が西の空へ傾きかけていた。

「そろそろお姉ちゃまのお迎えに行きましょうか」

二度目の洗濯を終えたおけいは、竹籠の中に立ち上がって早くおんぶしろとせがむ万作を背負って外へでた。

十石屋からお千代の手習い処までは、八町（約九百メートル）ほど離れている。ツバメが飛び交う空の下を歩き、気づいたときには見慣れた町屋敷の黒塀が見えていた。

おけいが紺屋町へ来るのは久しぶりだった。お蔵茶屋を立ち去ったのが雛祭りの翌日で、今日は四月四日だから、ちょうどひと月が過ぎたことになる。

〈くら姫〉の旗印ともいうべき水路際に生えた柳の下では、着飾った女たちが入店の順番を待っていた。自分も黒塀のくぐり戸からなつかしい庭へ入りたい気持ちを抑え、隣家の前で足をとめる。

思えば、おけいが正面から隣家を訪れるのはこれが初めてだった。水路に架かる小橋を渡り、大きく〈手習い処〉と書かれた表札を見上げながら障子戸を開けると、広い土間に小さな下駄がぎっしり並べられていた。

ひい、ふう、みい……、全部で二十四人分の下駄がある。おけいが聞いた限り、人気の手習い処には、五十人以上の筆子が集まるらしいのだが……。

「こちらのお師匠さまは、大勢の筆子をお抱えにならないのですよ」

下駄を数えて考えこむおけいに、土間の隅に立っていた女が説明してくれた。

「女のお師匠さまがていねいに教えてくださるということで、筆子の半分はお店のお嬢さんがたです。うちのお嬢さんは、わざわざ日本橋の室町からきています」

「うちは、外神田の金沢町から」

「うちなんて、本所の松坂町から朝も午後も通ってらっしゃるんだから」

同じく土間に立っていた女たちが、われもわれもと教えてくれた。みな大事なお嬢さんを送り迎えしている子守り娘、もしくは女中たちだ。

障子を閉め切った上がり口の向こうからは、凜とした女師匠の声が聞こえてくる。

手習いが終わるにはまだ少し間がありそうなので、おけいは土間の横にある扉から中庭へでて、隣家との境にある椿の生垣に歩み寄った。

（ああ、よく見える。すっかり緑が濃くなっているわ）

枝葉をかき分けてのぞいた先には、〈くら姫〉自慢の庭が広がっていた。今でこそ手入れの行き届いた庭園となっているが、かつては荒れ野のようだったものを、お蔵茶屋の再出発に合わせて植木職人が整えたのだ。

おけいがお蔵茶屋を去ったときには、枝垂れ桜と里桜が花を咲かせていたが、今はどちらも葉桜になっていた。それと入れ替わりに、縁台の脇で身をひそめていた牡丹が幾重にも折り重なった深紅の花びらを開いて、散策する客たちを楽しませている。

(お客さまをご案内しているのはお政さんね。下足番のおたねさんは、履物を間違えていなければよいのだけど……)

ともに働いた長屋の女たちがなつかしい。ちょうど店が立てこむ時分だから、女店主のお妙は茶を点てるのに大忙しだろう。

「——おけいさん、そこにいるのはおけいさんでしょう」

生垣に顔を突っ込んで、お蔵茶屋の様子をうかがっていたおけいは、背後からの呼びかけに慌てて振り向いた。

「あっ、お師匠さま」

庭に面した縁側でこちらを見ているのは、手習い処の女師匠だった。いつの間にか午後の手習いが終わったらしく、きゃあきゃあ騒ぎながら筆子たちが飛び出してくる。

おけいは縁側へと歩み寄り、座して待っている師匠に挨拶した。

「お久しぶりでございます。おしりを向けて失礼いたしました」

「ほほ、元気そうで何よりです。今日はお会いできると聞いて楽しみにしていました」

もう古希は過ぎたと聞いているが、女師匠は朗らかで若々しかった。それでいて武家の奥方のような品格を漂わせており、たとえ遠方からでも娘を通わせたいと考える親の気持ちが、おけいにもわかる気がした。

「どうして、今日わたしがここへ来ると……？」

師匠が答えるより先に、お千代が同じ歳ごろの女の児たちを引き連れて走ってきた。

「ほーら、ご覧なさいな。おけいさんがきてくれたわよ」

「本当だ。〈くら姫〉にいた巫女さんだわ」

「巫女さんが、赤ちゃんをおんぶしてる」

口々に騒ぐ朋輩たちの前で、お千代は胸をはってみせた。

「わたしが嘘つきじゃないって、これでわかったでしょう。おけいさんは本当に十石屋を手伝ってくれているんだから」

筆子仲間のお嬢さんたちは得心したのか、ふーん、とか、へえ、とか言いながら、それぞれお迎えの奉公人のもとへと散っていった。

きょとんとしているおけいに、師匠が笑いを含んだ口調で教えた。

「ご存じなかったでしょうけど、うちの筆子たちはとてもお行儀がよくて、垣根の隙間から隣のお蔵茶屋をのぞき見するのですよ」

さっきあなたがしていたように、とつけ加えられ、おけいは首をすくめた。でも、それでわかった。好奇心に満ちた子供たちは、着飾った大人が出入りする〈くら姫〉をのぞきながら、巫女の格好で働いている自分を不思議そうに眺めていたのだろう。

「わたしがいけなかったの」

きまり悪そうなお千代が白状した。

「このところお蔵茶屋の巫女さんを見ないけど、どうしたんだろうねって、ほかの子たちが話しているのを聞いたものだから、その人なら今うちを手伝ってくれているって、つい自慢しちゃったんです。でも、そんなの嘘だと決めつけられて……」

あの十石屋さんが、〈くら姫〉で働いていたような人を雇うはずがない。お千代ちゃんのおっ母さんは、四角い豆腐は買わないし、目のある目刺しも高くて買えない。飯を食う女中なんて雇わない、と、はやし立てられたという。

「子供は遠慮がないですからね。大人たちの話を聞きかじって、悪気もなしに口真似をするのですよ」

師匠が気の毒そうにお千代を見やった。どうやらお粂の徹底した始末ぶりは、ご近所ならずとも評判になっているらしい。

「それはそうと、あなたが十石屋さんのお手伝いをしてらっしゃることを、お妙さんたちはご承知なのですか」

おけいは首を横に振った。もう自分は〈くら姫〉での役目を終えている。どこかでばったり顔を合わせることがあれば嬉しいが、わざわざお妙に知らせる必要はない。

「わかりました。そういうことでしたら、私もよけいなお節介はやめておきましょう」

穏やかに微笑み、またお顔を見せにきてくださいと言い残して、女師匠は立ち上がった。

奥の座敷では、小さな筆子が硯（すずり）に残った墨汁を着物にこぼして泣いていた。

●

「おけいさん、あの、昨日のことですけど……」

朝の井戸端にやってくるなり、お千代が言いにくそうに切り出した。

「おはようございます。どうかしましたか、お千代さん」

「わたしね、なるべく長く十石屋にいてくださいって、おけいさんにお願いしたでしょう。できるならずっといてほしいって」

確かにそんな話をした。手習い処から帰る途中のことだ。

「あれ、取り消します。早く出ていってください」

えっ、と、おけいは洗濯の手を止めた。お千代の機嫌を損なうようなことをしたかと思ったが、当人は手ぬぐいをかたくねじりながら続けた。

「本当は、このままおけいさんにいてほしいと思っています。でも、岩松さんとお父つぁんが話しているのを聞いてしまって……」

昨夜のことである。店の板座敷で帳面をつけている壱兵衛に、大きな身体を屈（かが）めた岩松がささやいた。

『このままで大丈夫なんですか、あのおけいさんって人は』

『だ、大丈夫か、とは？』

岩松は、近くにお粂がいないことを確かめてから言った。

『一度の食事に飯を一杯きりですよ。しかも小さな茶碗で。お菜の量も少ないのに、いくら小柄だからって身体がまいっちまわないか心配です』

壱兵衛は帳面から顔を上げ、静かに筆を置いた。

『私も気になっているけど、おけいさんが自分で申し入れたことだからね。見た目は子供でも、あれはしっかりした大人だよ』

もとより神社の普請が終わるまでの約束だし、うちの子たちも懐いているようだから、今しばらく様子を見たいと言われ、岩松は仕方なさげに退いたのだった。

「岩松さんの心配はもっともです。だって、おけいさんは朝早くから夜おそくまで働いて、ご飯はお茶碗に一杯だけ。わたしなんておかわりまでしているのに……」

隣の座敷で耳を澄ませていたというお千代も、今さらながら、おけいに無理をさせていることが心苦しくなったようだ。いつまでも引き留めていては、病気になってしまうかもしれないと心配するお千代の前で、おけいは洗濯板を横に置いて立ち上がった。

「大丈夫。旦那さまもおっしゃるとおり、わたしが言い出したことです。お千代さんは気になさらず手習いに通ってください。次の奉公人が見つかるまで、わたしが子守りと家事のお手伝いを引き受けますから」

そうは言うものの、お粂の目にかなう女中がいつ見つかるのかは、あてのない話だった。手習い処の子供たちですら、十石屋がどんな女中を求めているのか知っていて、笑い種にしているのだから。

「わたし、恥ずかしい……」

細い目を悲しそうにしばたかせるお千代に、おけいはぴょんと跳び上がってみせた。

「ほらっ、このとおり。わたしはお茶碗一杯のご飯でも元気ですよ」

笑顔で井戸のまわりをぴょんぴょん跳ねる。目が左右に大きく離れ、口も大きなおけいが若草色の袴をつけて跳ねまわる姿は、雨に喜ぶアマガエルそっくりだ。

「おけいさんたら！」

お千代もつられて笑いだした。ちょうどそこへ、裏口を開けてお粂が顔を出した。

「おけい、乳を飲ませたから万作を頼むよ。お千代は遊んでないで台所を手伝っておくれ」

はあい、と返事をして、お千代が先に台所へと駆けだした。

「そうだ、おけいさん。昨日のワラビの煮物と白和えはとても美味しかった。また買ってきてくださいね。今度はわたしもあく抜きを手伝いますから」

おけいは下ごしらえをしただけなのだが、褒めてもらえると嬉しい。手を振って応えたあと、赤子を抱えて待っているお粂にいつもの挨拶をした。

「おはようございます、おかみさん。そろそろ十年でございます」

お粂はこめかみをピクリとさせただけで、やはり何も答えようとしない。万作をおけいに背負わせると、そのまま引っ込んでしまった。

おけいが十石屋にきて五日目だが、お粂の態度は変わらなかった。たぶん明日も明後日もこの調子で、風変わりな朝の挨拶として聞き流すつもりだろう。

(答えを聞くまでは出て行かない。お腹がすくのは慣れているんだから)

強がるおけいの腹の虫が、ぐう、とわびしげに鳴いた。

◎

新緑の香りを乗せた風が、きらきらと掘割の水面をさざめかせている。

おけいは赤子ではなく、薪の束を背負って歩いていた。海辺大工町の材木屋まで行って買ってこいと、お粂に言いつかったのだ。

薪は近くの木戸番小屋で買えるし、棒手振りも売り歩いているのだが、同じ値段で一束の量が多い材木屋の端材を買うのがお得らしい。

重い薪を何束も背負いながら、おけいは堀沿いの道を楽しんでいた。

海が荒れた日には波しぶきが吹きつける品川宿で育ったおけいは、屋根舟から三味線の音が聞こえたり、武家の隠居と町人の子供が並んで釣り糸を垂れていたりする、江戸情緒にあふれた掘割の景色が好きだった。

（あら、あすこにいるのは――）

堀にかかる橋の手前で高札（こうさつ）をにらんでいるのは岩松だった。足もとに木の臼と杵を置き、いつものふんどし姿の上に浴衣（ゆかた）を羽織っている。

「岩松さん、今からお出かけですか」

走り寄った小娘を、岩松が振り返って見下ろした。

「やあ、おけいさんか。伊勢町（いせちょう）のお得意さんで搗（つ）いてきたところさ」

十石屋では、店の唐臼で米を搗くだけでなく、客先へ出向くこともある。本来、臼を転がして行く先々で米を搗くのは、〈大道（だいどう）搗き〉と呼ばれる連中の仕事だが、馴染（なじ）みの搗き米屋にきてもらいたがる客もいるからだ。

（どうしよう、岩松さんにお礼を言いたいのだけど……）

おけいは迷っていた。茶碗一杯の飯しか食べない自分を心配して、店主に口出しまでしてくれたことへの謝意を伝えたいが、それでは盗み聞きしていたと思われそうだ。

礼を言うか、言うまいか――。決心のつかないおけいに、岩松が高札を指さして言った。

「いいところへきてくれた。あれは何て書いてあるんだい」

「人相書きのことですね」

ごつい指が示す高札を、おけいは首を反らして見上げた。

人が大勢集まる市場や町辻、橋詰などにはよく高札が立っている。触れ書きを板に書いて掲げたものだが、目の前の高札には複数の人相が描かれていた。

「お尋ね者の盗賊ですって。保土ヶ谷(ほどがや)から箱根にかけて、いくつかの宿場で盗みを繰り返したと書いてあります」

盗賊は〈疾風(はやて)の党〉と呼ばれる一味だった。箱根の商家から百両盗み出したのを最後に、しばらくなりを潜めていたが、去年あたりから江戸に入って仕事をはじめたらしい。

「去年の秋に麹町(こうじまち)、年明けに向島(むこうじま)で盗みがあって、手口が疾風の党と似ているそうです」

なるほど、と腕組みをした岩松は、あらためて目の前の高札をにらんだ。

「けど人相書きってやつは、正直どれを見ても同じ顔に見えちまうんだよな」

自分もそうだとおけいは言った。高札に描かれた盗(ぬす)っ人(と)の顔は、男女の区別のほかに、若いのか年寄りなのか、顔が丸いか四角いかがわかる程度だ。よしんば本人が横に立って高札を眺めていたとしても、気がつかないかもしれない。

「やっぱりそうだよな。おれだけじゃなくて安心した」

岩松は白い歯をみせて笑った。

「けど、御家流の字がちゃんと読めるんだから、おけいさんは立派なものだ。おれなんて、ろくに手習いをしていないから、仮名を読むのがやっとだよ」

おけいも手習いに通ったことはない。出直し神社で雇われる前に、下働きとして仕えていた武家の老女が手ずから読み書きを教えてくれた。厳しい教え方だったが、今になってそのありがたさが身に染みる。

すでに帰らぬ旅にでた恩人の顔を思い浮かべていると、お堀に架かる橋の向こう側から、賑やかな一団がやってきた。

「わーい、おっちょこちょいだぁ」

「おっちょこちょいが来るぞー」

近くにいた子供たちが、口々に叫んで走り出した。

子供らが目指しているのは、ひときわ目立つ赤い大傘だった。御幣をてっぺんにのせ、縁に飾り布を垂らした大傘のまわりで、数人の男が踊っている。大傘を持つ男も、まわりを踊る男たちも、そろいの白い着物と股引で、唄い踊りながら橋を渡ってくるのだった。

〽吉田なァ、通れば二階からまねく、しかも鹿の子のォ、ヤレ振袖でェ

陽気な唄に誘われて、通りすがりの大人たちも次々と橋を目指して集まってくる。

「どうやら〈住吉おどり〉と出くわしちまったようだな」

「近ごろは踊り手の数も増えて賑やかですね」

二人とも店に帰らなくてはならないのだが、目の前まで近づいてきた華やかな踊りの輪から目が離せなくなっていた。

〈住吉おどり〉とは、勧請（かんじん）のお札を売って諸国をめぐる願人（がんにん）坊主が、人寄せのために唄い踊るものだ。ただし、近ごろ江戸に現れる派手な一団は、〈住吉おどり〉を真似て銭を稼ぐだけの願人もどきだと聞いている。

〽あねさァん、ほんじょかェたそかれに、さても塗ったる、ヤレうどんの粉ォ、そーれ、おっちょこちょいのちょい、おっちょこちょいのちょい

子供たちが『おっちょこちょいのちょい』の節を真似して唄う。赤い大傘が高札場の前まで来ると、踊りはいっそう盛り上がり、絵のついたお札がばらまかれた。

おけいの足もとにも風に乗って札の一枚が舞い落ちた。鬼の絵と呪文のような文字を組み合わせた、なかなか凝った意匠の札である。

「そいつを拾っちゃいけないよ、おけいさん」

「わかってます」

この札は〈住吉おどり〉の売りもので、知らずに拾い上げた者は勧進の銭を求められる。いったん人の手にふれた札は、もうその人だけの守り札だと言われては、突き返すこともできない。しぶしぶ十文ほどの銭を寄進することになってしまう。

「そーれ、おっちょこちょいのちょい」

「やーれ、おっちょこちょいのちょい」

札の押し売りは困るが、華やかな唄と踊りはどこへ行っても人気だった。はしゃぐ子供たちの仕草につられて大人も手足を動かしてしまう。そんな楽しい雰囲気の中、突然おけいのうしろで大きな水音がたった。

「たいへん、人が堀に落ちた！」

足を踏み外したのか、それとも人波に押されたのか、女が水の中でもがいている。

「おーい、ねえさん、大丈夫かぁ」

「この堀は深くねぇぞ。落ち着いて立ってみろ」

堀の上から男たちが声をかけるが、女はむなしく手足をばたつかせるだけだ。慌てるな、とにかく立ってみろ、と大きな声で叫んでも耳に入った様子はない。

（いけない。早く助けてあげないと……）

浅瀬で人が溺れて死ぬところを、海辺育ちのおけいは見たことがある。

誰か縄を持ってこい、いや、長竿につかまらせたほうがいい、などと悠長に構えている男たちの声を聞きながら気を揉むおけいの横で、岩松が浴衣を脱ぎ捨てた。

「しょうがねぇ、ちょっと行ってくる」

言うなり、堀の中へ身体をおどらせる。

「あっ、岩松さんっ」

さっきより大きな音がして、高い水しぶきがたった。水面が静まってみると、男たちが言ったとおり、堀は岩松の腰のあたりまでしか水嵩がなかった。並の背丈の女なら底に足がつくはずだが、本人はそれに気づかない。

「岩松さぁん、正面は避けてください。うしろから近づいて！」

おけいは大声で叫んだ。助けようとした者が、相手にしがみつかれて一緒に溺れてしまうのはよくある話だからだ。その声が届いたのか、岩松は慎重に水をかいてうしろにまわると、たくましい腕で女をとらえて抱き上げた。

わっ、と、見物人から歓声が上がった。

折よく漕ぎつけた小舟に抱えていた女を乗せると、岩松は水の中を歩いて、手近な桟橋へ上がった。

「岩松さん、大丈夫ですか」

「ああ、平気さ。まだ泳ぐには早かったみたいだけどな」

おけいが差し出した浴衣を羽織り、岩松は大きなくしゃみをした。

「それより、あの人はどうなった？」

女を乗せた小舟は、対岸の桟橋に向かっていた。

堀に飛び込んだ猛者を見ようと群がる人々をかき分け、おけいと岩松が橋を渡りきったときには、すでに女は立ち去ったあとだった。

次の朝、酒でも飲んだような赤い顔で、岩松が朝餉(あさげ)の席についた。

気になったおけいが仕事のあいまに様子を見に行くと、やはり岩松は一杯ひっかけたような顔をして唐臼を踏んでいた。

「風邪(かぜ)をひいたんですね」

「大丈夫だ。これくらいならすぐ治る」

おけいのひそひそ声に、岩松も小声で答えた。

堀に飛び込んだことは二人の秘密だった。仕事の途中で〈住吉おどり〉を見物していたことがばれてはいけないからと、岩松に口止めされている。

しかし、岩松は大丈夫ではなかった。いつも一定の調子で続く唐臼の音が、昼を過ぎたあたりから乱れだした。

ギッ、タン、バッ、タン。ギッ、タン。バッ、タ、ン……。

妙な間合いで杵が上下したかと思うと、岩松はふらつきながら唐臼を下りた。壱兵衛の肩を借りて二階の寝間までたどり着いたときには朦朧(もうろう)としていて、そのまま寝込んでしまったのである。

その晩、おけいは堀であったことを白状し、お粂からこっぴどく叱られた。

「どうして今まで黙っていたんだい」

「申し訳ございません」

おけいも悔やんでいた。たとえ岩松が強がったとしても、今朝の赤い顔は尋常ではなかった。もっと早く店主たちに打ち明けていればよかったのだ。

「岩松さんも馬鹿だよ。ほかにも男衆が大勢いたっていうじゃないか。それなのに一人で堀に飛び込むなんてさ」

一番の働き手を休ませることになって、お粂は苛立(いらだ)ちを隠そうともしない。

「見ず知らずの女を助けたところで、一文の得にもなりゃしないのに」

これ、お粂――、と壱兵衛が隣の座敷を気にする仕草をした。お千代に聞かせたくないと思ったようだが、お粂は怒りにまかせて続けた。

「だってそうじゃないか。助けてやった女は、礼も言わないで帰っちまったんだろう」

女については、おけいも不作法だと思っている。気が動転して立ち去ったことは責められないとしても、命の恩人がどこの誰かくらい、その気になれば調べられるはずだ。

「とにかく、当分は忙しくなるから覚悟しておくれ」

お粂の言い渡しは、おけいだけでなく店主の壱兵衛にも向けられていた。

「岩松さんが抜けた分の穴埋めは大ごとだよ。あんたたちの仕事も増えるからね」

「承知しております。何でもお言いつけください」

おけいはかしこまって頭を下げた。

壱兵衛も神妙にこうべを垂れたのだった。

◎

今朝の味噌汁にはたたいた納豆が入っていた。納豆汁は岩松の好物だが、朝餉の席に大柄な若者の姿はない。

「お父つぁん、まだ岩松おじさんは起きてこないのね。本当に大丈夫なの？」

お千代の心配はもっともだった。寝込んだ日から三日間、岩松は高い熱にうかされ続けていたのだ。

「す、少し楽になったようだよ」

壱兵衛のやつれた顔に安堵の表情が見えた。

「今朝は重湯を全部飲んだし、良いほうへ向かっている。おまえは心配しなくていいから、しっかり手習いをしてきなさい」

父親の言葉に安心したのか、お千代は元気に出かけていった。

おけいも胸をなでおろした。一時はどうなることかと思ったが、そこは頑健な若い男だ。病の峠さえ越せば回復は早いだろう。

朝餉の片づけをするおけいに、お粂が声をかけた。

「そこが終わったら、あんたも店に出ておくれ。掃除は毎日でなくてもかまわないよ」

「承知いたしました」

手早く台所をきれいにすると、おけいは万作を背負ったまま店先へまわった。

開け放した戸口の外には、たらいが二つ並んでいて、搗き加減の違う米がはいっている。右のたらいは白米、左側は八分搗きの玄米だ。店を訪れる客は、それぞれ好みの米を買ってゆく。いつもなら店先で米を売るのはお条の仕事だが、今日は杵と木臼で米を搗くのに追われている。

「おーい、うちの米はもうできたかい」

ふいに現れた客が、店先にいるおけいの頭越しに中をのぞいた。

「ああ、ちょうど注文どおりに搗き上がったところだよ」

お条は米袋を受け取って帰る客の背中を見ながら、フンと鼻息を吐いた。

「よその白米よりもっと白くなるまで搗いてくれなんて、面倒な客だよ」

そんな好みにうるさい客が思いのほか多く、十石屋では大きな唐臼とは別に、木臼で客の注文に合わせた米を搗いているのである。

「これ、そこなる巫女。おぬしも米を買いにきたのか」

「いいえ、わたしは店番でございます」

おけいを見て首をかしげているのは、浪人と覚しき男だった。初老の浪人は八分搗きの米が入ったたらいを指さして言った。

「では、これを五合入れてくれ」

「かしこまりました」

おけいは五合枡を手に取ると、たらいの中の米をざっくりすくった。それから竹のヘラを枡の上に滑らせてよけいな米をそぎ落とす。これがお粂に教わった米のはかり方だ。

「うむ、さすがは十石屋の店番。ここのおかみはケチとか吝嗇とか言われているようだが、米を商うことに関しては廉直の士。寸毫の疑いもない」

細かい意味は定かでないが、正直な商いを褒めていることだけはわかる。

始末屋で知られたお粂がいるにもかかわらず客が次々と米を買いにくるのは、おまけをしない代わりに誤魔化しもない十石屋の信用が買われているのだ。

「では巫女どの、励まれよ」

浪人を見送ったおけいは、軒下の隅でこちらを見ている女に気がついた。松葉色の地に大きな唐草模様の小袖を着た女だ。どこかで見た覚えのある小袖から目を離せずにいると、女はおけいに歩み寄って訊ねた。

「こちらに、岩松さんという背の高い人はいらっしゃいますか」

「はい、おりますが」

あいにく風邪で臥せっていると言うと、女はさっと眉を曇らせた。歳のころは三十半ばくらい。美人とまではいかないが、大人の色香のようなものを漂わせた女である。

「私のせいです。私を助けるためにずぶ濡れになったから」

「えっ、では、あなたは……」

堀に落ちた女が、恩人の居所を探し当ててきたらしい。せめて雇い主に挨拶をしたいという女を、おけいは店主夫婦に引き合わせた。

「い、いや、どうも、こんな店先で。そんな、お礼なんて滅相も――」

「あらまあ、これはごていねいに」

しどろもどろの壱兵衛を押しのけて、お粂が差し出された菓子折を受け取った。

「おたくは元気そうで結構じゃございませんか。うちの岩松なんて、あれからずっと寝込んじまって、いつ店に出られるかわからないんだから。ああ、困った、困った」

しきりに当てこするお粂と、きまり悪そうな壱兵衛の顔を、女は交互に見比べていたが、やがてお粂に向かって言った。

「大そうお困りのご様子で恐縮いたします。男手が足りないということでしたら、どうでしょう、岩松さんが本復されるまで、うちの弟を使ってやってはくれませんか」

「弟……?」

いぶかしげなお粂に、女は続けた。

「申し遅れました。私は霊岸島(れいがんじま)の舟入(ふないり)長屋に住むまきと申します。うちの弟の竹蔵(たけぞう)は大柄で力もありますから、十石屋さんさえよろしければ、ぜひ」

おまきが言うには、竹蔵は愛想なしだが丈夫でよく働き、田舎にいたころは唐臼を踏んでいたこともあるらしい。

「唐臼を踏めるならありがたいけど、手間賃のほうは……」

ご心配なく、と、おまきは言った。命を救われたお礼だから手間賃などいらない。住み込みで一食につき茶碗一杯の飯を食わせてやってもらえれば、それで十分だと。

どこかで聞いたような話だとおけいは思ったが、お粂はこの申し出に飛びついた。

さっそく明日の朝に弟を来させると約束して、おまきは帰っていった。

一夜が明け、本当に竹蔵という男がやってきた。姉のおまきが言ったとおり、岩松ほどではないにせよ、竹蔵は体格のよい男だった。歳は三十。ほんの数日前まで小揚人足として船積みの荷を運んでいたという竹蔵の胸板は厚く、腕や足も鋼でできているかのようだ。ためしに唐臼を踏ませてみると、すぐコツをつかんで器用に杵を動かした。

すっかり気をよくしたお粂は、おけいに炒り豆腐を作らせた。お粂から作り方を教わった炒り豆腐は、水切りした豆腐に切干大根と油揚げを加えて炒りつけたものだ。

「わぁ、わたしの大好きなお菜だ！」

手習いからいったん戻ったお千代などは、大喜びで飯を二杯たいらげた。壱兵衛は大きめの茶碗に二杯。お粂も二杯。おけいはいつものように一杯だけいただく。いかにも大食漢に思われる竹蔵も、茶碗に一杯だけで箸を置いたものだから、お粂はますます喜んだ。

ギッタン、バッタン、ギッタン、バッタン。

それから唐臼を踏む音が絶え間なく続き、店じまいの時刻となった。

ひと足早く台所に戻って飯を炊き上げたおけいは、もうひとつのかまどに雪平鍋をのせて粥を炊いた。病人のための晩飯である。

「そうか、旦那さんとは唐臼の音が違うように思ったが、その竹蔵さんが踏んでいたのか。昼からずっと踏み続けるなんて大したもんだ」

布団の上に身を起こした岩松は、しきりに感心していた。

「もう終わりですか、まだ一杯分残っていますよ」

おけいが鍋底からこそげとった粥を、岩松は残さず食べた。まだ回復の途中だが、胃の腑は元気になったようだ。

「あの女の人が息災でよかった。弟をよこしてくれるなんて親切な人だな」

そうですね、とおけいはうなずいた。一日の仕事を終えた竹蔵は、夕餉の前に湯屋へ行った。二階にいるのは岩松と自分だけである。

「あのね、岩松さん」

おけいは、かねて知りたかったことを訊ねてみた。

「今から十年前に、十石屋さんで何があったか覚えていますか」

「十年前かい」

すぐに岩松は思い当たったようだ。

「おかみさんが嫁にきた年だな。翌年に生まれたお千代ちゃんが、もう九つだから」

なぜそんなことを知りたがるのかと、人のよい岩松は聞かなかった。

（お粂さんが十石屋に嫁いだのが十年前……）

おけいには焦りがあった。もし新しい女中が見つかれば、自分は手ぶらで出直し神社に帰ることになってしまう。朝がくるたび繰り返す『そろそろ十年』の挨拶。そこに隠された意味を早く知りたい。

もっと当時のことを詳しく聞きたかったが、階下からお粂の呼ぶ声がした。

今まいりますと返事をして、おけいは階段を駆け下りた。

◉

助っ人の竹蔵はとてもよく働いた。もと小揚人足というだけあって、重たい米俵を店の土間まで運ぶのはお手のもので、唐臼を踏む姿も堂に入っている。

「お、お得意先に行ってくるよ、わからないことはお粂に聞いておくれ」

「……へい」

木臼を転がして出て行く壱兵衛を見ようともせず、竹蔵はうっそり返事をした。

姉のおまきが言ったとおり、竹蔵は愛想がなかった。『ああ』とか『へい』とか短い返事はするが、自分から話しかけてくることはない。口数が少ない分、いつも他人のふるまいを横目で見ている気がして、おけいには近寄りがたく思われた。

しかしお粂は、いたく竹蔵が気に入ったようだ。無駄口をたたかず力仕事をこなし、あまつさえ小食なのは申し分ないと受け取ったらしい。

「おかみさん、何かご用はございませんか」

午後になって手のすいたおけいは、店表で米を売っているお粂に訊ねた。

「だったら、そこの〈ひき臼〉でもまわしてもらおうか」

お粂が示す店の隅には、ひき臼がひとつ据えてあった。唐臼から離れているので、赤子を背負ったままでも危なくなさそうだ。

「棚に屑米の袋があるだろう。ひき方はわかるのかい」

「はい」

おけいは割れた屑米の入った袋を脇に置いて、ひき臼の前に座った。

ひき臼は穀物をひいて粉にする道具である。丸く平らな石をふたつ積み重ね、上の石だけをまわすことで、石と石との隙間で穀物がすりつぶされる仕組みになっている。

袋からつかみ出した屑米を、おけいは石に穿たれた小さな穴に少しずつ落とし込んだ。それから石に取りつけられた持ち手を握ってゆっくりまわす。まわしはじめは力を込めるが、いったん臼がまわりはじめたら、あとは力よりも要領である。

ごーり、ごーり、と石が擦れる音を聞いているうち、縁から白い米の粉がこぼれ出した。米粉は掃き集めて袋に詰め、菓子屋が買いにくるまでためておく。

おけいは前に下働きをしていた宿屋で、ソバの実をひいたことがあった。三つの尖った角があるソバの実はひくのが難しかったが、それに比べれば割れ米は簡単である。左手で持ち手をまわしながら、右手で米を穴に入れてゆく。無心で臼をまわしているうち、ふと、店表でお条が誰かと話している声が耳に入ってきた。

「まあまあ、先日はどうも」

「うちの竹蔵は、お役に立っておりますでしょうか」

臼をまわしながら顔を上げてみると、戸口の前でお条とおまきが向き合っていた。おまきは人目を引く唐草模様の小袖から一変して、地味な木綿を着ている。

「役に立つなんてものじゃありませんよ。力は強いし、よく働くし、無駄口をたたかないし、大飯は食わないし。本当にいい弟さんをお持ちで」

手前勝手とも聞こえるお条の世辞に、おまきは笑みを浮かべていたが、やがて思いがけないことを口にしはじめた。

「じつは、あれからよくよく考えたのですけど、こちらの岩松さんに命を助けていただいたのは私です。その私が家でじっとしているのは申し訳ない気がして……」

弟を働かせるだけでは恩を返したことにならない。自分も女中として使ってほしいと、おまきは申し出た。長屋のある霊岸島から通っていたのでは時が惜しい。住み込みで置いてもらえるなら早朝から夜遅くまで働ける。前にも女中奉公をしていたから、掃除洗濯はもちろん料理もお手のものだという。

おまきの強い押しに、さしものお粂が一歩うしろへ退いた。

「そ、それは、ありがたい話だけど……」

反対におまきのほうは二歩ほど前に踏み出した。

「もちろんお給金はいりません。それと、私は飯を食いませんので、十石屋さんのお米は一粒たりとも減らさないとお約束いたします」

「飯を食わない、ですって？」

お粂が待ち望んでいた飯を食わない奉公人が、とうとう目の前に現れたのだった。

薄闇の中で物音がしていた。井戸端の桶がゴトゴト鳴っている。

（野良猫がお水でも飲みにきたのかしら）

目を覚ましかけていたおけいは、夜具の中で耳をそばだてた。

寝間の布団部屋は裏庭に面している。聞こえてくるのが釣瓶を使う音だと気づいて、おけいは跳び起きた。大急ぎで白衣と袴をつけて階段を駆け下り、台所の土間から外へ飛び出すと、危うくそこにいた女とぶつかりそうになった。

「あら、おはようございます」

「――おまきさん」

白みはじめたばかりの裏庭で、両手に手桶を提げて立っていたのはおまきだった。

「いえね、朝餉(あさげ)の支度をしようと思ったら、お水がなかったものですから」

「すみません、すぐやります」

おけいが桶の水を台所の水瓶へと移し替えるあいだに、おまきは自分が使っていた布団を二階に上げた。

女中として働くことが決まったおまきは、昨夜のうちに風呂敷包みひとつ抱えて十石屋に越してきた。二階の空き部屋を弟の竹蔵と一緒に使うよう勧められたが、自分は朝が早いからと、台所に布団を敷いて寝たのだった。

(まさか暗いうちから起き出すなんて……)

おまきが言いつかっているのは朝餉の支度だ。おそらくお条は、おまきとおけいの働きぶりを見たうえで仕事を振り分けるつもりだろう。最初から出遅れたおけいは、速やかに水瓶を満たして洗濯をはじめた。

これが競い合いではないことはわかっている。しかし、ほかの誰よりも早く起きて仕事に取りかかるのは、極端に背が低くて器量もよくないおけいが、奉公先を渡り歩くうちに身につけた流儀のようなものだった。

手早く洗い上げた襁褓（むつき）を干していると、裏口から大きな男が姿を現した。竹蔵かと思いきや、男はこちらを見ておはようと言った。

「おはようございます、岩松さん。もう起きてもいいんですか」

「ああ、大丈夫だ」

仕事場へ出る格好で顔を洗った岩松は、いつになく真剣な顔をしていた。

「いつまでも竹蔵さんに甘えているわけにいかないからな」

その気持ちはおけいにもわかる。仕事ぶりがよくて、小食で、しかも給金のいらない男が自分の代わりに働いているとしたら、のんびり寝てなどいられないだろう。

おけいの立場も同じだった。多分おまきは仕事ができる女だ。それが給金なしのうえに、飯も食わないというのだから、うかうかしてはいられない。

米俵を担いだ岩松に続いて台所に入ると、味噌汁のよい香りが鼻をくすぐった。その日の朝餉は、豆腐とつまみ菜の味噌汁だった。出汁（だし）のひき方がうまいのか、おまきの作った味噌汁は、おけいが味つけしたものより数段美味しかった。

「旦那さま、味噌汁のおかわりはいかがですか。おかみさんとお嬢さんは、ご飯をもう一膳ずつお召し上がりですね」

給仕するおまきは本当に飯を食わないつもりなのか、自分の箱膳を用意していない。

おけいは朝餉の席に座っていることがうしろめたくなった。

岩松も同じ心持ちだったのか、大きな身体で隠すように二杯目の飯を食い終わると、先に席を立った竹蔵のあとを追うように店へ出ていった。

「ご飯をもう一膳おつけしましょうか、旦那さま」

「い、いや、これで十分だ」

壱兵衛はいつものように茶碗二杯で箸を置いた。

朝餉の片づけは、おまきが受け持ってくれた。

おけいは家の隅々まで掃除をすることにして、ほうきと雑巾を手に二階へ上がった。まず岩松が寝ていた表側の部屋を掃き出し、竹蔵が使っている真ん中の部屋と、自分が寝間にしている布団部屋を掃く。続いて雑巾をかけ、そのまま階段を一段ずつ拭きながら下りてゆくと、おまきが鴨居にはたきをかけている最中だった。

「おまきさん、部屋の掃除はわたしが……」

「ここは私がやります。でないと坊ちゃんまで埃をかぶってしまいますからね」

手ぬぐいを頭に巻いたおまきは、パンパンと小気味よくはたきを使いながら言った。

「鴨居と障子の桟、それに棚や箪笥の埃も落としておきます。おけいさんは埃がしずまったあとに掃き出して、雑巾をかけてくださいな」

おまきの気の利いた段取りに、万作をおぶっているおけいは引き下がるしかなかった。

そもそも小柄なおけいにとって、手が届かない高いところの掃除は厄介だ。自分ひとりなら踏み台にも梯子にも平気で上るが、赤子を背負って危ない真似はできない。

「では、ここはお願いして、わたしは買いものに行ってまいります」

おけいは籠を提げて店先へまわった。お粂に用を聞き、松枝町の干物屋へと向かう。

「すみません、〈目なし〉をひと盛りください」

ところが間の悪いことに、大盛りの〈目なし〉を別の客が買っていったばかりで、今日の売り分はなくなったという。

仕方なく同じ松枝町の豆腐屋へ行ってみた。間の悪いことは続くもので、いつもは客とのおしゃべりに夢中になって油揚げを焦がしてしまう豆腐屋の嫁が、今日に限って値切りようのない黄金色の油揚げを店台に並べていた。

結局、おけいが買ったのは、八百屋の隅で萎れかかっていたつまみ菜だけだった。

「あれまあ、つまみ菜かい。今朝も食べたばかりじゃないか」

持ち帰った買いもの籠の中をのぞいて、お粂が呆れた声を出した。

「申し訳ございません。角のつぶれたお豆腐なら今からでも……」

言ってはみたものの、昨夜とその前日の夕餉も豆腐だった。今朝の味噌汁にも入っていたし、みな食べ飽きていることだろう。

「よろしければ、お菜になりそうなものを見繕ってまいりましょうか」

途方に暮れるおけいの代わりに、台所の流しを洗っていたおまきが言った。

「私は霊岸島の界隈で顔が利きます。馴染みの店に声かけさえしておけば、投げ売り前の品が安く買えますから」

行って帰るまでひまがかかるが、それでよければ任せてもらいたいとの申し出に、お条が小銭の入った巾着を渡す。

「中身は……十四文ですね。いいえ、これだけあれば十分でございます。今日の夕餉と、できれば明日の朝餉の分まで買ってまいりましょう」

傍で聞いていたおけいは、ぽかんと口を開けた。屋台のかけ蕎麦一杯が十六文だというのに、たったの十四文で二回分のお菜を賄うつもりだろうか――。

ぼんやりしてはいられない。せめて、おまきが出ているあいだに掃除を終わらせるつもりでほうきを取りに行こうとすると、うしろから涼しい声がした。

「掃除なら終わりましたよ。旦那さまがたのお部屋と台所の板の間、どちらもきれいにしておきましたから」

おけいは足元を見てはっとした。自分が町をむなしく歩きまわっている隙に、台所の床は塵ひとつ残さず掃き出され、ぴかぴかに磨き込まれていた。

夕餉の膳を見るなり、お千代が大げさな声を上げた。

「すごーい、今夜は誰かのお祝いなの？」

「馬鹿だね、よくご覧よ。にらみ鯛じゃないだろう」

これはメバルという魚だと教えようとするお粂に、年齢の割に物知りのお千代は、下唇を突き出して答えた。

「それくらい知ってますよ、おっ母さん。でも、赤くて目が大きいところがお目出たいし、尾頭つきには違いないでしょう」

お千代がはしゃぐのも無理はない。おけいが十石屋にきてからというもの、尾頭つきの魚が箱膳に上がったのはこれが初めてだった。もっと言えば、〈目なし〉以外の魚が供されたのも初めてだ。

「こ、こんな立派な魚、無理をしたんじゃないのかね」

店主の壱兵衛も、メバルと同じくらい丸い目を見張って驚いている。

「いえね、これは知り合いの魚屋で安く分けてもらったんですよ。どのみち買い手がつかないからって」

おまきが言うには、ひと箱いくらで仕入れた魚の中には雑魚も交じっている。小さすぎて売りものにならない魚を、以前からタダ同然で買っていたらしい。

雑魚とはいうものの、おまきが醤油で甘辛く煮付けたメバルは、尾っぽの先まで含めれば、五寸（約十五センチ）ほどの大きさがあった。

おけいの膳に横たわっているのは、赤いメバルではなく、台所に残っていた〈目なし〉を炙ったものだ。旬の尾頭つきが供されたのは十石屋の家族だけ。奉公人の岩松と助っ人の竹蔵も、かちかちの〈目なし〉をかじっている。

「いい味つけだよ。おまきさんは買いもの上手なうえに料理の腕も達者だねぇ」

お粂はすこぶる上機嫌で、明日からの食事の支度と買いものはおまきに任せると言い出した。おまきは快く引き受け、では明日の朝はシジミ汁をお作りしましょう、たたき納豆の汁でもいいですねなどと、早くも次の段取りを考えている。

「これ、とても美味しいですよ。お味だけでもみませんか」

横に座っているお千代が、自分のメバルをおけいに差し出す気づかいをみせた。

「ありがとうございます。せっかくのお魚ですから、どうぞ余さず召し上がってください」

食膳を整えたおまき自身は、やはり何も口にしようとはしない。万作を膝に抱き、上手に粥を食べさせている姿を横目に見ながら、おけいは元から小柄な自分が、もっとちっぽけで役立たずの小娘になった気がした。

おけいは夜明け前に起き出した。おまきが十石屋にきて三日目、今日こそ先んじて仕事をはじめようと思ったのだが、すでにおまきも台所で身支度を終えていた。

「あら、おけいさん。お早いですね」

「おはようございます。すぐ水を汲みますから」

おけいは悔しさを隠して水瓶を満たした。白みはじめた空の下で洗濯をしていると、おまきが笊を手にして出てきた。

「ちょっとシジミを買いに行ってきますよ。かまどはおかみさんが見てくださっていますからご心配なく」

いってらっしゃいと見送りながら、おけいは首をひねった。昨日もおまきはシジミを買いに出かけていった。シジミだったら棒手振りが売りに来る。朝から霊岸島まで買いにゆく暇はなかろうし、近くに馴染みの店でもあるのだろうか……。

おまきが戻らないうちに洗濯ものを干し終えたおけいは、飯を炊きながら万作に乳をやっているお粂に朝の挨拶をした。

「おはようございます、おかみさん。そろそろ十年でございます」

いつもは知らぬふりを決め込むお粂だが、今朝は違った。わざわざ顔を上げてこちらを見ると、挑むような口調で言った。

「おはよう、おけい。ところで神社の普請はいつ終わるんだい？」

思いがけない返り討ちに怯んでいると、お粂は意地の悪い目をして繰り返した。

「神社の屋根の修理が終わるまでうちに置く約束だったよね。そろそろ修理も終わるころじゃないのかい」

「それは……」

おけいは返事に詰まった。本当は今すぐでも神社に帰ることができるのだが、おけいが出ていってしまえば、またお千代が子守りを任されて、手習い処に通えなくなる。

それに、婆から言いつかった『そろそろ十年』の返事もまだ得られていなかった。以前、〈くら姫〉の古蔵にまつわる役目を与えられたときには、目の前の用を片づけていけば、おのずと答えが見えてくると婆に教わった。今もその教えを守るしかない。

「申し訳ございません。思ったより普請に手間取っているらしいのです。せめて次の子守り娘さんが見つかるまで、こちらに置いていただけませんか」

苦しそうなおけいを見て、お粂はしてやったりとばかり、ほくそ笑んだ。

「それなら心配しなくていいよ。じつはね、さっきおまきさんが万作の子守りも任せてほしいって言ってくれたのさ。あの人は子供の扱いに慣れていて、赤子を背負っていても、掃除、洗濯、買いもの、料理、店の手伝いまでできるそうだよ。弟の竹蔵さんともども、当分は十石屋に恩を返してくれるそうだから」

あんたが出て行くなら無駄飯食いがいなくなって嬉しいくらいだ、とまで言ってのけるお粂の細い目を、おけいは呆然と見上げた。

「おかみさん。せめて、あと数日だけでも置いていただけないでしょうか」

おけいは再び頭を下げた。

「その代わり、わたしのご飯は――」

「あんたのご飯は？」

一瞬迷って覚悟を決める。

「一日に一回、お茶碗一杯だけで結構です」

おまきのように、飯は食わないと言えないことが口惜しかった。

◉

はたして、おけいにとって苦行のような日々がはじまった。

おまきを出し抜くことはできないまでも、同じ時刻に起きることは絶対である。仕事の中身と段取りは今までと変わりない。なるべく早く仕上げて次に移るだけだ。

朝の水汲みは、井戸と台所を往復する手間を減らすため、重い手桶を両手に提げて運んだ。雨で湿った裏庭の土に、おけいの下駄の歯の跡が、二の字、二の字にへこんで続く。

洗濯ものは、少しでも早く仕上げるため、倍の速さで手を動かした。冷たい水しぶきが跳ねて、白衣も袴もびしょ濡れである。

「よう、おはよう」

「おはようございます」

米俵を担いだ大きな影が裏庭を横切った。岩松も以前のような軽口をたたこうとはせず、厳しい顔つきで黙々と働いている。

助っ人の竹蔵が居続けることで、岩松の立場も妙な具合になっていた。自身でもそれを感じているのか、病み上がりの身体に鞭打って唐臼を踏み、木臼を転がして得意先へ米を搗きに出かけてゆく。

だが、どれほど汗して働いても、飯どきになれば竹蔵と差がついてしまう。なにしろ竹蔵は茶碗に一杯しか飯を食わない。岩松はためらうそぶりを見せながらも、そっと二杯目の茶碗を出しておかわりをもらっている。

それが当たり前だとおけいは思う。大男があれほどの力仕事をして、茶碗に一杯の飯で腹が満ちるはずがない。本当は二杯でも食い足りないはずだ。

飯のことを考えただけで、おけいの腹の虫が、ぐう、と鳴いた。一日に茶碗一杯の飯ですませるようになって今日で三日目。腹の虫は鳴きっぱなしである。

（そうだ、今のうちに万作ちゃんをおんぶしておかないと）

お条が乳を飲ませた頃合いを見はからって万作を預かり、子守りの仕事だけはおまきにとられないようにするのだ。

「おはようございます、おかみさん。そろそろ十年でございます」

「おはよう、おけい。そろそろ神社に帰らないのかい」

どちらも返答はしない。お粂は聞かなかったふりで万作を渡し、おけいも聞こえないふりでおんぶする。

今日の朝餉はワカメの味噌汁にアジの干物だ。おまきが買いものと料理を任されてからというもの、十石屋では三度の食膳に立派なお菜がのるようになった。むろん家族の食膳だけである。雇い人のお菜はフキの煮物で、これは昨晩の食膳を飾った鯛の子とフキの炊き合わせの残りである。

鯛の子の味が染みたフキを、おけいはありがたく噛みしめた。もちろんご飯は一杯きり。そしてこれが今日一日の、最初で最後の食事だった。

「あの、これを……」

おけいの隣でアジをつついていたお千代が、遠慮がちに皿を差し出そうとした。

「半身だけでも食べませんか。もうわたしはお腹一杯だから……」

「よけいなことはしなくていいよ、お千代」

向かいからお粂の冷たい声がした。

「おけいは飯がすんだのなら、薪を買っておいで」

薪を買うときは赤子を背負って行けない。仕方なくおまきの手に万作をゆだねると、おけいは海辺大工町の材木屋へ走った。

薪の束を六つ買って帰り道を急ぐ。前に買ったときと同じ束の数なのに、今日は背にずしりと重い。途中で息が上がり、高札のかかった橋詰で少し休むことにした。

思えばここで岩松と〈住吉おどり〉を見物しているとき、おまきが堀の水に落ちたことが発端となって、おまきと竹蔵は十石屋で働くことになったのだった。けれど——。

(なんだか、おまきさんらしくない)

おけいは収まりの悪いものを感じていた。底に足がつくことにも気づかないで溺れていた女と、何でもそつなくこなすおまきの姿とが重ならないのである。

(でも、あのときと同じ唐草模様の小袖を着ていたし……)

だんだん頭がぼんやりしてきた。もう帰らなければと立ち上がったおけいを、すぐ近くから呼びとめる者があった。

「ちょいと、あんた十石屋にいる巫女さんだろう」

高札の横でこちらを見ているのは、茶色い棒縞の着物を着た四十年配の女だった。

それが先だって豆腐屋の親父に口添えしてくれた恩人だと気づいて、おけいはふらふらと女の前に歩みよった。

「先日は、ありがとうございました」

「ああ……あの豆腐屋の親父さんとは長い付き合いでね。あたしが十石屋から追いだされたと勘違いして、あんたに意地悪く当たったらしいよ。それより、岩松さんの調子はどうなのさ。本当にもう大丈夫なのかい」

以前よりも精を出して働いていると答えると、女は小さく舌打ちをした。

「馬鹿だねぇ、そんな無理をして。あの人を調子に乗せるだけなのに」

いぶかしげなおけいに、女は自分が十石屋で働いていた女中だと明かした。

「あなたが、おシカさんだったのですか」

おシカは長年にわたって十石屋で働いてきた通いの女中だ。それが去年の暮れに、お粂と言い争って辞めたのだと、お千代から聞いた覚えがある。

「大人げないとは思ったけど、どうしても腹に据えかねてね。だって、ひとりで何人分も仕事をしている岩松さんに食わせる飯がもったいないなんて……」

二人が揉めたのは、岩松の飯についてだった。それまでの岩松は一度の食事に三、四杯の飯を食っていたのだが、これをお粂がもったいないと言い出して、奉公人の飯は一食につき茶碗二杯までと決めてしまったのだ。

「旦那さまが反対しても考え直すようなお粂さんじゃない。自分のことでご夫婦が揉めるのは嫌だからって、岩松さんは二杯の飯で我慢するようになってね」

岩松だけではない。その日を境に、壱兵衛も二杯の飯で箸を置くようになった。女房の尻に敷かれた亭主にできる、それが精一杯の当てこすりだったらしい。

「旦那さまにとって、岩松さんは弟みたいなものなんだよ。先代さまの親族がお亡くなりになったとき、忘れ形見の岩松さんが十石屋に引き取られてきて、それからずっと一緒にお育ちになったのだから」

ようやくおけいにも合点がいった。岩松と壱兵衛が申し合わせたかのように二杯の飯しか食わないのには、そんな事情があったのだ。

「続きは歩きながら話そうか。帰りが遅くなるとあんたが叱られる」

おシカはそう言うと、おけいの背負子（しょいこ）を外し、自分の肩にかけて歩き出した。

「待ってください。そんなことをしていただいては……」

「遠慮しなくていいよ。あんた、えらく顔色が悪い。ろくに飯を食っていないって、お嬢さんが心配していた」

お千代は手習い帰りにおシカの長屋へ立ち寄っては、早く十石屋に戻ってきてほしいと頼んでいるらしい。

「あたしだって、戻りたいのは山々なんだけれどね」

薪の束を担いで歩きながら、おシカは深々とため息をついた。

貧しい親のもとに生まれたおシカは、二十年の奉公をする約束で十石屋に連れてこられた身だった。それが十九のときに今の亭主と出会った。相手が見込みのある大工だと知った十石屋の先代は、残り十年の年季を繰り上げて所帯を持たせ、通いの女中になることを許してくれたのである。

「それだけじゃない。うちの亭主が仕事場で古釘(ふるくぎ)を踏んで膿(う)ませちまったときには、外科のお医者さまを呼んできて、治療を受けさせてくださった。おかげで亭主は命拾いして、仕事に戻ることができたんだ」

その後、おシカ夫婦は立て替えてもらった医者代を少しずつ返してきたのだが、全額を返しきらないうちに先代は亡くなった。跡を継いだ壱兵衛は、大方の返済はすんでいるし、内輪の貸し借りだからと言って、それ以上の金子(きんす)を受け取ろうとしなかった。

「だからあたしは、お役に立てるうちは十石屋で働く、ご恩は必ずお返しすると決めていたのさ。岩松さんも同じ気持ちだったと思う。それをお粂さんときたら、目先の銭勘定にとらわれて、妙な連中を店に引き入れたりして……」

飯を食わない奉公人なんて尋常じゃない。そんなものは物の怪(もののけ)のたぐいに決まっていると、おシカは大いに憤(いきどお)った。

おまきと竹蔵が物の怪かどうかはともかく、おけいは『そろそろ十年』のことをおシカに訊ねてみた。古参の女中なら思い当たることがあるかもしれないからだ。

「お粂さんが嫁にきたのが、たしか十年前だったはずだけど……」

岩松に訊ねたときと同じ答えだった。

「あの人も当時はあそこまでのケチじゃなかった。搗き米屋の商いも心得ているし、内気な旦那さまがよくぞしっかり者の嫁を連れてきたって、喜んだくらいだったのに」

しかし年を重ねるごとに、お粂の銭に対する執着はひどくなった。十石屋の穴蔵に蓄えられる銭の音がちゃりりんと鳴るたび、一文の銭でさえ割って使いたがる守銭奴（しゅせんど）に成り下がっていったのである。

「とにかく、あたしはまだ十石屋に戻るつもりはない」

旅籠（はたご）が並ぶ馬喰町の町角で、おシカは薪の束をおけいに背負わせながら言った。

「あんたは早いうちに出ていったほうがいい。飯を食わない女中とやらに、取って喰（く）われちまわないうちにね」

言いたいことを言うと、おシカは目の前の路地へと消えていった。

ふらつきながら十石屋に戻ったおけいは、物置に薪を置いてから店先へまわった。

「ただいま戻りました。万作ちゃんは……」

おまきがおんぶして使いに行ったと、お粂が客に米を売りながら答えた。

「掃除も終わったそうだから、あんたはひき臼でもまわしたらどうだい」

やはりおまきの仕事は手早い。遅れを取るのは悔しいが、思うように力の入らない今の身体では、もう太刀打（たちう）ちできそうにない。おけいはすごすごと店の片隅に下がり、ひき臼をまわした。

ギッタン、バッタン、ギッタン、バッタン。

小気味よい音をたてて唐臼を踏んでいるのは竹蔵だ。すっかり搗き米屋の仕事に慣れたのか、岩松に負けず劣らずの働きぶりである。

岩松は唐臼に背を向けて、木臼で米を搗いていた。こちらも慣れた手つきで杵を振るっているが、まだ本調子ではないようで、しきりに汗をぬぐっている。気になったおけいがちらちら目をやるうち、足をもつれさせて尻もちをついてしまった。

「だ、大丈夫か、しっかりなさい」

帳場から壱兵衛が駆けつけて抱え起こした。唐臼を飛び下りた竹蔵も肩を貸し、二人して岩松を上がり口に腰かけさせる。

「すみません、ちょっと足がすべっただけで……」

おけいが濡らしてきた手ぬぐいで、岩松は首筋に流れる汗をぬぐった。

「しばらく休んだほうがいい。昼餉(ひるげ)まで二階で横になりなさい」

「――へい」

岩松が立ち上がろうとしたとき、戸口で様子を見ていたお粂がつぶやいた。

「まったくだらしがないねぇ。竹蔵さんなんて、一食に茶碗一杯の飯でも涼しい顔で働いているじゃないか」

その小さな声は、店の中に居合わせた全員の耳に届いてしまった。

「お、おれが、だらしないっていうのか、おかみさん——!」

　岩松が声を震わせた。

「あんた、何にも知らないんだ。竹蔵さんは飯を食わないわけじゃない。夜中にこっそり握り飯を食っているんだぞ。三個も、四個も、でかい握り飯を!」

「に、握り飯……?」

　壱兵衛が丸い目を見張った。おけいはもちろん、お条も驚いた顔をしていたが、竹蔵だけがいつもの無愛想な態度を崩さずに言った。

「俺は、食ってない」

　いや、確かに食っていた、と岩松は言い募った。昨晩も、その前の晩も、旨そうな匂いに目を覚まして隣の部屋をのぞいたら、竹蔵が握り飯を頬張っていた。飯を炊いて差し入れているのは姉のおまきに違いない。姉弟が夜中にひそひそ話している声を何度も聞いたと言い張る岩松に、フン、とお条が鼻で笑った。

「夢でも見たんだよ。さもなきゃ飯を食わない竹蔵さんがうらやましくて、そんな作り話をするんだろう。だってね、あたしは毎朝うちの米櫃を確かめるけど、米は一合だって余分に減っちゃいないんだから」

　それを聞いた岩松は、さすがに顔色を変えて立ち上がった。

「おれを……、このおれを嘘つき呼ばわりするのかっ」

お条のもとへ行こうとする岩松の腕を、壱兵衛がつかんで引きとめた。いつもは温厚な岩松が本気で怒っていると知って、お条も戸口から一歩退いた。

「ちょ、ちょっとお待ちよ、誰もあんたが嘘つきだなんて言っちゃいないだろう」

「同じことだ。もういい、もうたくさんだ！」

壱兵衛の手を振り切ると、岩松は走って店を飛び出した。

「ひゃっ！」

てっきり殴られると思ったか、道端に屈みこんだお条には目もくれず、ふんどし一枚で通りを走り去ってゆく。

「こ、こ、これ、お待ち。待ちなさいというのに」

たちまち遠くなる岩松の背中を、壱兵衛が必死の体（てい）で追いかけていった。

昼餉に戻ってきたお千代は、岩松が十石屋を出ていったと知って大泣きした。

「どうして、どうして、岩松おじさんまで……」

泣きじゃくるお千代の背中を、壱兵衛がなでながら言い聞かせた。

「じ、じきに戻るよ。しばらく近江屋（おうみや）さんを手伝うだけだから」

神田川堤で岩松をつかまえた壱兵衛は、そのまま米沢町（よねざわちょう）の近江屋へ連れていった。搗き米屋仲間の総代をつとめる近江屋の店主は、ことのあらましを聞いただけで、こころよく岩松を預かってくれたらしい。

お粂はあれからむっつりと黙り込んだままである。

「さあさあ、みなさん。今日のお昼は精をつけていただきますからね。お千代お嬢さんも早くお座りください」

おまきだけが明るい顔で鍋を運んできた。鍋の蓋(ふた)を開けた途端、ゴボウと醤油のよい香りが広がった。使いの帰りに泥鰌(どじょう)を手に入れて、泥鰌汁を作ったのだ。

腹の虫が暴れだしそうで、おけいは慌てて裏庭へ飛び出した。どのみち自分の飯はない。井戸端に屈んで店主たちの寝間着を洗うことにする。

「そーれ、おっちょこちょいのちょい、やーれ、おっちょこちょいのちょーい」

空腹をまぎらわせようと、〈住吉おどり〉の唄を真似てみる。調子っぱずれに歌いながら岩松の大きな浴衣を洗っているうち、うっかり涙がこぼれそうになった。

（馬鹿ね、ご飯をもらえないことなんて、今までいくらでもあったじゃない）

奉公先のお店がたて続けにつぶれ、空腹のまま寺の軒先で眠った日々を思い出して、おけいは自分を叱咤(しった)した。

思えば去年の秋、出直し神社で雇われてからというもの、ひもじくて困ったことは一度もなかった。うしろ戸の婆は、いつでもおけいの好きなものを買ってこいと言ってくれたし、相談相手として出向いた〈くら姫〉では、見たこともなかった美しいお菓子や、贅沢な懐石料理の味見までさせてもらった。

（いつの間にか、親切に慣れてしまっていたんだ……）

親切にしてもらえるのはありがたい。けど、それが当たり前になってはいけない。

気を引き締めなおしたおけいの耳に、そのとき、『ぽう』と、なつかしい声が聞こえた。

目の前の物干しを見上げると、カラスのような鳥が竿にとまっている。

「まあ、閑九郎――」

いつからそこに居たものか、白い眉毛の閑古鳥がおけいを見下ろしていた。

「どうしたの。もしかして……わたしを呼び戻しにきたの？」

眩(まぶ)しいお日さまの光を背にした閑古鳥は、黒い瞳でじっとおけいを見つめた。その眼差(まなざ)しの温かさに、また涙があふれそうになって、おけいは慌てて首を振った。

「ううん、何でもない。わたしは大丈夫よ。婆さまにもそうお伝えして」

自分にはまだ役目が残っている。閑古鳥が飛び去った物干しに浴衣を干すと、おけいは十石屋のうす暗い家の中に戻っていった。

その日の午後、お千代が珍しく手習いを休んだ。おシカや子守り娘のお里ばかりでなく、大好きな岩松まで出て行かせたことに納得がいかないらしく、立てこもった二階から下りてこようとしない。

そんなお千代の気を引こうと、お粂が串団子(くしだんご)を作ると言い出した。

団子は素人でも作ることができる簡単なおやつである。店でひいた米粉に水を加え、こねて蒸したものを小さく丸めたら、五個ずつ竹串に刺して炙るだけだ。手伝いはおまきがいれば十分だからと、おけいは早々に台所から追いやられた。

店先では壱兵衛が客の相手をしている。万作をおんぶしたおけいは、店の隅に引っ込んでひき臼をまわすことにした。ごーり、ごーり、と以前より重く感じる臼をまわすうち、奥から醬油の焼ける香ばしい匂いが漂ってきた。

（いい匂い。甘いみたらし団子じゃなくて、お醬油をつけて焼いているんだわ）

すきっ腹にうまそうな匂いだけが染みわたる。腹の虫を誤魔化そうとしても醬油の焦げる匂いはますます濃くなり、そこに刻み海苔を散らした香りまで加わると、空腹を通り越して胃の腑が引き伸ばされるかのような痛みをおぼえた。

匂いを吸わないよう息を詰めてひき臼をまわすうち、おけいは自分自身がまわっている錯覚におちいった。

（あれ、おかしいな……）

そのうち店の壁や天井までぐるぐるまわりはじめたかと思うと、次第に気が遠くなっていった。背中の万作に怪我をさせないよう、前のめりに倒れるのがやっとだった。

「待って。待ってください」

和泉橋を渡る途中で、おけいは自分を呼ぶ声に足をとめた。

「お千代さん……」

息を切らして追いついたのはお千代だった。おけいが追い出されたと知り、大急ぎで駆けてきたのである。

「おけいさん、ごめんなさい」

「いいえ、わたしがいけなかったんです。子守りの最中に倒れるなんて」

ひき臼ではなく自分の目をまわしてしまったおけいに、お条は今すぐ出て行くよう命じたのだった。

「さんざん使っておいて、お礼も言わず追い出すなんて、本当にごめんなさい」

「お千代さんが謝ることじゃありません」

そもそもおけいの目的は、お千代を手習いに通わせることだった。おまきという優れた女中が現れたとき、その役目は終わっていたのだ。

「明日は手習い処に行ってくださいね。ずる休みはいけませんよ」

「はい、約束します。それと、これをお返ししようと思って……」

お千代が着物の袂(たもと)から取り出したのは、擦(す)り切れそうに古い巾着袋だった。

「出直し神社でいただいた〈たね銭〉と、倍返しのお金が入っています。おかげさまで手習いに通えるようになりましたと、お婆さまに伝えてください」

「……お預かりします」

おけいは巾着を受け取った。本当は受け取るべきか否か迷ったのだが、まだ頭がぼんやりして、どちらが正しいことなのか判らなかった。

お千代と別れると、おけいは下谷を目指して歩いた。いつものように下駄を鳴らして走ることなどできない。ようやく鳥居をくぐったときには夕刻がせまっていた。

「ただいま戻りました」

社殿の中では、うしろ戸の婆がこちらに背を向けて座っていた。

「おかえり。ご苦労だったね」

近所の使いから戻ったときのように、婆の声は淡々としていた。うつむく背中におけいが近づいてみると、婆は膝元に据えたひき臼をまわしているのだった。

「婆さま、その臼は……」

「参拝客が米を置いていったのでね、米粉にしてみようと思ったのさ」

今まで境内でひき臼など見かけたことはなかった。どこから持ち出したのか不思議に思っていると、婆が手を止めておけいのほうを見た。

「痩せたね。ずいぶん疲れているようだから、今日のところはもうお休み」

婆が指さす社殿の隅に、ひと組の夜具が敷いてある。

それを見た途端、もうれつな眠気がおけいを襲った。まだ日が暮れる前だからと遠慮している余裕もない。床を這うように夜具までたどり着き、そのまま横たわった。

ごーり、ごーり。うしろ戸の婆がひき臼をまわしだした。ゆっくり、ゆっくり、おけいが十石屋で屑米をひいていたときより、はるかにゆっくりと。

「神さまのひき臼はね、まわるのが遅いのだよ」

低くて心地よい臼の音と婆の声を、おけいは夢の入り口で聞いた。

「けれど、どんな小さな粒でも、けっしてひき逃しはしない。けっして……」

婆の言葉と一緒に、眠りの中へと落ちていった。

●

翌日、目を覚ましたおけいはびっくりした。お日さまが空高く昇っているではないか。

「婆さま、申し訳ございません。すぐ朝餉を買いに行きますから――」

いや、その前に水汲みをしなくてはならない。しばらく掃除をしていないから、あちこちに埃もたまっていることだろう。ほうきはどこだ、雑巾はどこだ！

あたふたするおけいの姿に、うしろ戸の婆が上下二本しかない歯を見せて笑った。

「そんなに跳ねまわるのじゃない。いいからそこにお座り」

しゅんとして座ったおけいの前に、婆が大きな竹の皮の包みを置いた。

「これは……」

包みの中に入っていたのは、串に刺して焼いた団子だった。

「昨日のうちにひいた米粉で作ったものだよ」

団子から立ちのぼる香ばしい醤油と刻み海苔の匂いに、おけいは思わず生唾を飲んだ。

「さぞかし腹が減っただろう。たんとおあがり」

いただきますと言うのも忘れて団子に手をのばす。江戸で見かける団子はひと串に四個が当たり前だが、婆の団子は五個刺さっていた。そんなことに気づく暇もないくらい、おけいは夢中で団子を頰張った。

ほのかに温かい団子を食べているうち、空っぽだった胃の腑が満たされ、じんわりと心まで温まってくる。ひたすら団子を食べるおけいの目から、やがて涙がこぼれた。

ぽろぽろ流れ落ちる涙は、十石屋での暮らしが辛かったせいではない。うしろ戸の婆に言いつかった、『そろそろ十年』の返事を得られないまま追い出されてしまった、そんな自分の不甲斐なさが悔やまれて仕方なかった。

「泣くことはない」

婆の声は穏やかだった。

「おまえはちゃんと自分の役割を果たした。いっさい返事をしないということが、お粂さんの返事だったわけだから」

「え……」

両手に団子の串を持って、おけいはきょとんとした。

「食べながらでいいからお聞き。もう十年も前の話だがね、腹をすかせた娘が境内に迷い込んできたことがあった」

唐突に語りはじめた婆の視線は、正面にいるおけいの身体を素通りして、もっと、ずっと遠いところを見ているようだった。

「これと同じ団子を出してやったら、飢えた野良犬みたいに飛びついたよ。目が糸のように細くて別嬪じゃないが、働き者の面構えをした娘だった」

団子をむさぼり食ったあと、娘は自分の生い立ちを婆に話した。

娘の実家は江戸で百年近くも続いた搗き米屋だった。しかし五代目にあたる娘の父親は、悪い仲間に引き込まれ、昼夜かまわず遊びほうけていたらしい。

「働かない店主なんぞ、世間では珍しくない。大きなお店にはしっかりした番頭や手代が控えているから、案外お飾りの店主のほうが商いはうまくいったりするものなのさ。ただ、その娘の父親は、遊びにつぎ込む金が半端じゃなかったらしい」

賭場に出入りし、遊郭に上がって金子をばらまく。そんなこんなで店の金を使い果たした父親が一人で逃げてしまうと、娘に残されたのは心労で寝ついた母親だけだった。

病人をかかえていては娘も思うように働けない。裏長屋を借り、わずかな内職で粥をすする暮らしを何年か続けた末、枯れ木が朽ちるように母親が亡くなった。亡骸を下谷の寺に弔った娘は、ふらふら町をさまようち、出直し神社に迷い込んだのだった。

「これでようやく働ける。一人になったのは寂しいけど、思いっきり働いて銭を稼ぎたい。そう娘が言ったから、神さまに頼んで〈たね銭〉を振り出してやったのだよ」

琵琶の穴からころがり出たのは、四文銭を稲藁に百枚通したものがふたつ。しめて八百文の銭だった。あちこちから銭を借りているという娘は喜んでたね銭を受け取り、きっとお返しすると約束して帰っていったのである。

「ところがね、おけい」

うしろ戸の婆は、皺深い顔を前に突き出して言った。

「八百文を借りた搗き米屋の娘は、一年過ぎても倍返しに来なかった」

えっ、と、おけいは驚いた。たね銭は神さまからお借りする銭である。返済が遅れるなんてことが許されるのだろうか。

「まあね、借りる側にも都合はあるだろうし、まれに倍返しが遅れる場合もある。翌年に繰り越してしまったら、その倍の額を返せばいいだけのことさ」

「もし、二年目も返せなかったら……？」

「次の年にまた倍額を払うことになる」

婆はさらりと言ってのけたが、よく考えてみればこれは大変なことだった。たね銭の額は人によって異なる。一文、二文の借用ならいざ知らず、八百文の銭を借りた者が返済を遅らせればどうなってしまうのか、おけいは頭の中でそろばんを弾いた。

一年後の倍返しが千六百文。二年目は三千二百文である。三年目は六千四百文になって、四年目には一万二千八百文。年を追うごとに大変な金額へ膨れ上がってゆく。

「それで、八百文を借りた娘さんは、何年目にお金を返したのですか」

「――来なかったよ」

祭壇の上に鎮座する貧乏神を見上げて、婆はため息をついた。

「そろそろ十年……。昨日が十年目最後の日だったというのに」

◉

おけいは再び和泉橋を渡り、馬喰町を目指していた。

いかに気の長い貧乏神でも神輿を上げたころだから、十石屋へ行って見届けてくるよう、うしろ戸の婆が差し向けたのだ。

十年前に出直し神社で八百文のたね銭を借りた娘とは、お粂のことだった。一時は貧乏の底が抜けたような暮らしに苦しめられたお粂だったが、たね銭のご利益か、あるいは必然の巡り合わせか、生家と同じ搗き米屋に嫁いでいたのである。

馬喰町が近づくにつれて、おけいの足は速まった。たね銭の倍返しを怠ったまま十年の歳月を過ごしたお粂に、どのような結末がもたらされたのだろうか。

通いなれた裏通りに出ると、道の端で立ち話をする人々の姿が目についた。彼らが遠巻きに見ているのは十石屋だ。その表戸から着流しに黒い羽織の男たちが出てきた。懐からのぞく朱房の十手を見れば、定町廻りの役人たちだとわかる。

頭を下げて役人を見送っている大柄な男の姿に、思わずおけいは駆け出していた。

「岩松さんっ」

「やあ、きたのか。あんたは昼間のうちに追い出されていたんだってな」

おけいを中に招き入れると、岩松は素早く戸板を立てた。

「何かあったんですか」

「あったなんてものじゃない。おれも今日になって聞いたんだが――」

高ぶった口調で岩松が言うには、昨夜おそく盗賊が入り、十石屋の金を根こそぎ持ち去ったらしい。

「と、盗賊！」

青ざめたおけいに、十石屋の家族は無事だから安心しろと、岩松がつけ加えた。

盗みがあったのは夜半のことだ。いつものように座敷で寝ていた壱兵衛とお粂は、音もなく踏み込んできた盗賊たちに手足を縛られ、声を上げたら殺すと脅された。

ぐっすりと眠り込んでいるお千代と万作には目もくれず、盗賊たちは金を探し出した。

十石屋の金は、座敷の床下に掘られた穴蔵に隠してあったのだが、盗賊たちは迷うことなく畳を上げ、穴蔵から百両箱をふたつ引き出して持ち去った。一陣の風が吹き抜けたかのごとき鮮やかな手口だったという。

「あいつらだよ。あのおまきと竹蔵の姉弟が盗っ人だったんだ。さっき南町のお役人たちが話していたから間違いない」

「竹蔵さんと、おまきさんが……？」

役人たちの見立てによれば、二人はかつて箱根から保土ヶ谷にかけての宿場町を荒らし、去年の秋から江戸で盗みを働いている〈疾風の党〉の一味だった。いつぞや堀端の高札場で、岩松とおけいが眺めた人相書きの盗賊たちである。

「まさか、よりによって、あのお尋ね者だったなんて」

「おれもびっくりしたよ。で、これもお役人の受け売りなんだけど――」

〈疾風の党〉が狙うのは、密かに金を貯めている小店ばかりである。おかみの守銭奴ぶりで知られた十石屋に目をつけ、店に入り込む機会をうかがっていた盗賊たちは、奉公人の岩松が堀に飛び込んだ騒ぎを見て、これを利用しようと思いついたらしい。

「うかつだった。最初におまきを見たとき、助けた女の人とは違う気がしたんだ。でも、偽者が飯も食わずに恩返しなんてするはずがないと思って……」

おけいも同じだった。どこか違うように感じながら、おまきが最初に着てきた唐草模様の着物と、姉弟そろっての働きぶりに騙されてしまったのだ。

飯を食わないのも見せかけだった。おまきは買いものついでに外で飯を食い、竹蔵には買ってきた握り飯を差し入れていた。安く手に入ると言っていた野菜や魚も、自分の懐から銭を出していただけのことだ。そうやってお糸の機嫌を取りむすび、ほかの奉公人たちが追い出されるのを待ちながら、金の隠し場所を探っていたのだった。

それにしても〈疾風の党〉は、どれほどの金をかき集めて逃げたのだろうか。十石屋から消えた金の総額を、おけいは訊ねてみた。

「ええと、たしか穴蔵に隠してあった二百両のほかに、帳場簞笥に入れた四両と、銭函（ぜにばこ）の中の三千二百文がなくなったと、旦那さんが言っていた」

「二百四両と三千二百文――」

それは十年前に八百文のたね銭を借りたお糸が、昨夜のうちに返さなくてはならなかった金額とぴったり同じだった。

「このたびは、とんだご災難でございました」

昨日まで竹蔵が使っていた二階の部屋で、おけいは見舞いの言葉を述べた。

「わ、わざわざきてくれたんだね。ありがとう」

壱兵衛は、ぐったりと横たわるお糸の枕もとに座って礼を言った。

「おかみさんの具合はいかがですか」

「かなり落ち着いているが、まだ時々うなされるんだよ」

十年がかりで貯め込んだ金を目の前で奪われ、すっかり腑が抜けてしまったというお粂とは反対に、壱兵衛は普段よりも落ち着いて見えた。

「わ、私とお粂とは、同い年の、いわゆる幼馴染みというやつでね。今のお千代くらいの歳で出会ったのだよ」

桶の水で布を湿らせ、かいがいしく額の汗を拭いてやりながら、なぜだか壱兵衛は夫婦の馴れ初め(なそ)を話しはじめた。

「こ、子供のころから、私は人と話すのが苦手だった。とくに、言葉の出だしがつっかえて、うまくしゃべれない。それを手習いの筆子仲間にからかわれるのが辛くてね……」

気の弱い壱兵衛は言い返すこともできず、何度も手習い先を替えた。そして、四軒目にあたる遠方の手習い処で一緒になったのがお粂だった。

同じ搗き米屋の子としてよしみを感じたのか、勝気な女の児だったお粂は、壱兵衛がほかの筆子にいじめられないよう守ってくれたという。

「こ、子供心に、十万の味方を得た気がしたよ。だから、うちの親が亡くなって店を継ぐと決まったとき、私は真っ先にお粂を探し出した。お粂は哀れなくらいやつれていたが、自分が十石屋の嫁になったら、絶対に店を守ってみせると約束してくれた」

それを聞いておけいは得心した。女房の尻に敷かれっぱなしの壱兵衛にも、銭に執着してしまったお粂にも、それぞれ胸に秘めた思いがあったのだ。

「ああ……どうしよう」

頭越しの話し声が耳に障ったか、お粂の乾いた唇からうわごとがもれ出した。

「銭がない、銭がない、もう米を買う銭もない……」

「こ、これお粂や、しっかりしなさい」

大きな壱兵衛の手が、震えるお粂の手を包んだ。

「盗賊も米蔵には手をつけなかった。米があったら仕事はできる。明日から、いや、今日からでも働けばいい。一から出直せばいいだけじゃないか」

壱兵衛の言葉を聞きながら、おけいは静かに退いて階段を下りた。

さわやかな風が通り抜ける階下には、忙しそうに立ち働くおシカの姿があった。十石屋が有り金すべて奪われたと聞きつけ、その足で手伝いに戻ったのだ。

岩松も見慣れたふんどし姿になって、唐臼を動かす支度をしている。

「あっ、おけいさんだ！」

外へ出ると、隣家に預けられていたお千代が、おけいを見つけて首っ玉に抱きついた。

「大丈夫ですか、怖い思いをされましたね」

「いいえ、わたしは眠っていたので、親玉の顔も拝めなかったんですよ」

しっかりしているようで子供らしいところもあるお千代は、店の金を盗られたことより、盗っ人の頭目を見損ねたことが残念なようだ。

十石屋の家族も、奉公人たちも、盗賊に金を持ち去られる前より生き生きとして見えるのが不思議であった。

「そうだ、これをお千代さんにお返ししようと思っていたんです」

おけいが差し出したのは、たね銭の一文銭と、倍返しの一文銭だった。

「婆さまがおっしゃるには、倍返しは早ければいいというものではないそうです。一年間、神さまにしっかり後押ししてもらってください」

「ありがとうございます、おけいさん」

受け取った二枚の一文銭を、お千代は手の中に握りしめた。

「これからは、よいことがたくさんありそうな気がします。新しい子守り娘が見つかったって、さっき口入れ屋の小父(おじ)さんが教えてくれました」

明るく話すお千代の頭の上で、軒にとまった閑古鳥が、『あっぽー』と鳴いた。

もう、その声はお千代の耳に届いていないようだった。

第二話

オデコ芝居の蛇へ――たね銭貸し銀五匁也

　おけいが出直し神社に戻って十日後のことである。

　高飛びしようとした〈疾風（はやて）の党〉の船が沈んだらしいと、十石屋のお千代が知らせにきた。江戸で盗んだ金子（きんす）もろとも嵐の海に飲み込まれてしまったのだ。

「悪党には当然の報いだよ。それで、おっ母（か）さんは達者なのかい」

「はい、お婆（ばば）さま。すっかり元気になりました」

　糸のように細く切れ上がった目尻（めじり）を和ませて、お千代が答えた。

「寝込んだのはお金を盗まれた翌日だけです。もったいなくて昼間っから寝ていられないって、その次の日には店先で米を売っていました」

　それでこそお粂（くめ）さんだ、と、婆は声をたてて笑った。

　古い社殿（しゃでん）に張り出した簀子縁（すのこえん）の上で、うしろ戸（ど）の婆とお千代は向き合っている。おけいは縁の隅で茶碗に水を注ぎ入れながら、二人の話を聞いていた。

盗まれた金が戻らないと知って、また寝込むのではないかと心配されたお粂だが、意外にも平然と受け止め、むしろさばさばして店の者を鼓舞しているらしい。

「おっ母さんは変わりました。奉公人は飯を一食につき三杯まで食べていいことになりましたし、もう子守り娘をこき使ったりしていません」

この調子で毎食のお菜も変わるのではないかと期待されたのだが、そこはお粂も始末屋としての面目を保った。今でも十石屋の食膳は、角のつぶれた豆腐と、〈目なし〉が主役なのだと、お千代は少し残念そうだ。

「ところで今日の手習いはどうなさったのですか。お休みではないと思いますが」

水の入った茶碗を膝元に置いてやりながら、おけいが訊ねた。

今日は四月二十六日。手習い処の休みは毎月一日、十五日、二十五日のはずだ。

「お師匠さまのご用事が重なって、臨時の休みになったんです」

お千代の話によると、紺屋町の女師匠は、近ごろ新しい筆子を迎えるための準備に追われている。しかも子供ではなく、大人の筆子たちに教えるというのである。

「大人の筆子さん、ですか」

「はい。夜間に読み書きを習いたいという人を募っておられます」

江戸の各町に設けられた手習い処では、商家の隠居や浪人など、学識のある者が近所の子供たちに読み書きを教えている。入門の際の束脩（礼金）や、月並銭と呼ばれる月謝を受け取る慣習はあるが、生業というより社会奉仕としての色合いが濃い。

お千代が通う手習い処も、七年前に紺屋町へ越してきた老女が、奉仕のつもりで近所の子供たちに読み書きを教えたのが始まりだった。それがいつの間にか、気品があって教え上手な女師匠がいるとの評判が伝わり、裕福なお店のお嬢さんが筆子として集まるようになったのだという。

「そういえば、わたしがお千代さんのお迎えに行ったとき、日本橋の室町や本所から通ってくるお嬢さんがいるとうかがいました」

「お紺ちゃんと、お芙美ちゃんのことですね」

お千代がうなずいてみせた。

「二人とも大店のお嬢さんで、どちらの親もびっくりするくらい高額の束脩を納めたそうです。今でも両家は盆暮れのつけ届けの額で競い合っているんですよ」

大人たちの噂話など、子供にはすべて筒抜けである。

ともあれ、そうした金子の使い道を考えた女師匠は、読み書きを教わる機会に恵まれなかった人々のために、夜間の手習いを開くことにしたのだった。

「朝と午後は子供らに、夜には大人に読み書きを教えようとは、ずいぶん熱心な師匠がいたものだ。で、夜間の手習いはいつはじまるのかね」

「来月の二日からです、お婆さま。でも……」

毎日少しずつ準備が進められ、あと数日で夜間の手習いが始まるとなったとき、女師匠の腹心ともいうべき女中のおよしが郷里に帰ってしまった。高齢の父親が卒中で倒れたと知らせが届いたのだ。

「お師匠さまは難儀しておられます。およしさんは家の用事だけでなく、小さい子の世話もお上手でしたし、お一人きりでは何かとご不便が多いみたいで」

たとえ不便であっても、いつおよしが戻ってくるか知れないからと、今年七十一になった女師匠は新しい女中を探そうとはせず、自分で雑用を片づけているらしい。

「面白そうな話じゃないか」

うしろ戸の婆は、皺に埋もれた顔をもっとくしゃくしゃにして言った。

「どうだね、おけい。ひとつ手伝いに行ってみるかい」

「行ってもよろしいのですか？」

おけいは身を乗り出した。あの凛として若々しい女師匠の役に立てるのなら、今すぐにでも紺屋町に駆けつけたい。

「いいともさ。このままお千代さんと一緒に行くがいい。そして、女師匠が消し忘れているものを、きれいに消してから帰っておいで」

遠くを見晴るかすように、婆は黒く冴えわたった左目を細めるのだった。

「まあ、なんて嬉しいことでしょう。おけいさんがきてくださるなんて」

手習い処の土間で、女師匠は手を打ち合わせて喜んだ。

あくまで押しかけの助っ人だから、女中のおよしが戻ったら、すぐにも暇を乞うつもりでいる旨をおけいが申し添えると、師匠は正直に助かりますと言った。

「もう五十年も仕えてくれているおよしをさしおいて、代わりの女中を雇い入れるなんて考えられなかったのです」

およしがいつ紺屋町に戻るかは、簡単に予測が立つことではなかった。倒れた父親は今すぐ召されてもおかしくない病状だと聞いているが、それは明日かもしれないし、十日後かもしれない。あるいはもっと先になるかもしれないのである。

「さっそく、およしに手紙を書いてやります。前々からおけいさんのことを、陰日向のない働き者だと褒めていましたから、心置きなく父親の看取りができるでしょう」

おけいは面と向かっておよしと言葉を交わした覚えはないが、隣のお蔵茶屋を手伝っている姿を、垣根越しに見られていたのだろう。

「わたしは帰りますね。明日からここでおけいさんに会えると思ったら、手習いに来るのがいっそう楽しみです」

「あ、お千代さん」

お辞儀をして外へ出ようとする十石屋の娘に、おけいが声をかけた。

「旦那さまとおかみさんによろしく伝えてください。それと、その……岩松さんにも」

お千代は子供らしく手を振って帰っていった。

●

手習い処の朝は、五つどき（午前八時ごろ）の鐘を目安にはじまる。

おけいは念入りに掃き清めた土間に立って、筆子たちが来るのを待ち構えていた。

「おはようございます」

「今日もよろしくお願いします」

鐘が鳴り終わらないうちに表の戸を開けるのは、紺屋町のお嬢さんたちだ。みんな風呂敷包みを抱えた女中をうしろに従えた供連れである。

「おはようございます、お梅さん。それからお園さん、でしたね」

一人ひとりの筆子たちに挨拶をして、おけいが迎え入れる。

「それでは、私どもはお昼前にお迎えにあがります」

自分のお嬢さんを送り届けると、女中たちはお店へと戻ってゆく。小僧や手代に送り迎えをさせているお店もあり、土間は入れ替わり立ち替わり賑やかだ。

「おはようございまーす」

「よろしくお願いしまーす」

続けて走り込んできたのは、自ら書道具の入った風呂敷を携えた女の児たちだ。

「今日も元気がいいですね、お伸さん、おたけさん」

手伝いにきて四日目ともなれば、筆子たちの顔と名前はおおむね覚えた。

お伸は棒手振りの魚売りの娘で、おたけの父親は竿竹を担いで売り歩いている。裕福なお店のお嬢さんが多いことで知られるこの手習い処だが、筆子の半分は近くの小店や長屋で暮らす女の児たちなのである。

「おけいさん、おはようございます。今日もよろしくお願いいたします」

「まあ、お千代さん。こちらこそよろしくお願いします」

真面目くさって挨拶をするお千代にも、お供の女中はいない。その代わり、同じ馬喰町に店を構える煙草問屋〈けむり屋〉の姉妹と誘い合わせてやってくる。

「おはようございます、お照さん」

「あんた、まだ居たんだ」

挨拶もなしに失礼な物言いをするのは、十歳になる妹のお照だ。お月さまが満ちたような丸い顔で、いつも不満げに口をとがらせている。

「すみません……、おはようございます」

うしろで申し訳なさそうにしているのが姉のお初である。面長で顎先が細い顔立ちのせいか、十一歳という年齢の割に大人びて見える。

「気にしないで早く上がってください。もうお師匠さまがこられますよ」

お初を座敷に上げると、おけいは筆子たちの脱ぎすてた下駄を並べ、ついでに数を読んだ。まだ十六人分の下駄しかないが、ここでいったん表戸を閉める。

朝の五つに集まるのは大体この顔ぶれだった。遠方のお嬢さんたちは小半時（約三十分）も遅れて来るし、家の手伝いをしている子供の中には、お昼前に顔を出す者もある。

「みなさん、おはようございます」

歯切れのよい声が響くと同時に、騒がしかった筆子たちがおしゃべりをやめた。

二階から下りてきた女師匠は、六畳間をふたつ繋げた座敷の奥に座った。真っ白い髪を後家風に結い、藤色の霰小紋を着た姿には、武家の隠居のような品格が漂っている。

「今日も元気なお顔を拝見することができて、とても嬉しく思います。それでは朝の素読をはじめましょう」

おけいが文机に用意しておいた教本の『土佐日記』を、筆子たちが一斉に開いた。

「では、お梅さんから」

はいっ、と、十四歳になる筆子頭のお梅が背筋を伸ばした。

――男もすなる日記といふものを、女もしてみむとて、するなり

お梅が声に出して読み上げる文詞を、ほかの筆子たちも甲高い声で追いかける。

「結構です。次は、お初さん」

――ある人、県の四年五年果てて、例のことどもみなし終へて、解由など取りて

お初は控えめな声で正しく読み上げた。あとで妹のお照も指名されたが、こちらはかなり危なっかしく、何度も読み間違えては姉のお初に小声で教えられていた。

「次は、お千代さん」

素読で指名されるのは、おもに十歳以上の年長組である。九歳のお千代は年少組に含まれるのだが、いつも師匠の指名を受けた。

――二十二日に、和泉の国までと、平らかに願立つ。藤原のときざね、船路なれど

ひと言も間違えることなく、すらすらと文詞が読み上げられてゆく。

(さすがお千代さん。お師匠さまにあこがれるだけのことはあるわ)

おけいも借りた教本を広げ、筆子たちと一緒に文詞を目で追った。

素読が続くあいだにも、残りの筆子が一人、また一人とやってきては、定められた席についた。ひとつの座敷には個々の文机が四列あり、ひとつの横列に三人が並んで座ることになっている。年少組は出入り口に近い座敷、年長組が奥の間である。

「おはようございます」

「遅くなりました」

日本橋室町のお紺と、本所松坂町のお芙美が、同時にお供の女中を従えてやってきた。

二人とも今から手習いをするとは思えない派手な柄の振袖姿だ。

（これで全員そろったかしら）

二人のお嬢さんが年長組の席につくのを見届け、おけいは改めて下駄を数えた。筆子は全部で二十四人だが、あと一人分足りない。そこへ子供のすすり泣く声が聞こえてきた。

障子戸を開けて出てみると、小橋の向こうで女の児が駄々をこねている。

「どうしました。中へ入りましょう」

「行かない。行きたくないの」

おけいの呼びかけに、女の児が涙で汚れた顔を上げた。この二月に入門したばかりだというお春である。

「すみません。朝からずっとこんな調子で……」

若い美貌の母親が、困り切った様子でおけいを見やった。

「お春さん、みんなと一緒にお習字をしませんか」

「いやよ。習字なんてきらい」

小橋を渡って手を差し伸べるおけいに、お春は激しくかぶりをふってみせた。

まだ六歳のお春にとって、手習い処はあまり愉快なところではないらしく、昨日もその前日も、墨で着物を汚しては泣き、ほかの子に小突かれたと言っては泣いていた。

「では、おはじきを使って勘定の練習をするのはいかがです。〈くら姫〉のご店主が、ギヤマンのおはじきをくださったのです。きらきらしてとてもきれいですよ」

「ギヤマンの、おはじき……」

お春の手が母親から離れたのを見て、おけいはその小さな手を柔らかく握った。

「さあ、行きましょう」

今度はお春も、いやと言わなかった。


おけいが久しぶりでお妙と会ったのは、昨夜の遅い時刻だった。

懐石料理の客を見送ったお妙は、その足で師匠宅の戸を叩いた。おけいが手習い処にいることは聞き及んでいても、落ち着いて訪ねる暇がなかったのである。

『あらまあ、おけいちゃん!』

『お妙さま!』

手を取り合う二人に、他人行儀の挨拶はいらなかった。文机が並ぶ座敷で互いの近状を語り合い、気がついたときには夜半を過ぎていた。

『そうだ、忘れるところでした。これを――』

帰りがけになって、お妙は錦の小袋をおけいに手渡した。

『お客さまからいただいた長崎土産です。こちらで筆子さんたちの息抜きに使っていただければと思ってお持ちしました』

小袋にはギヤマン細工のおはじきが入っていた。一文銭より少し小さなおはじきは、赤、青、黄、緑、白の各色が五枚ずつある。さっそく女師匠と相談し、年少組の算用に使ってみようという話になっていたのだった。


「さあ、お春さん」

土間に広げた筵の上におはじきをばらまいて、おけいは言った。

「この中から赤色のものを四枚、黄色を三枚選り出して、弾いてください」

筵に膝をついたお春は、真剣な面持ちで言われたとおりの色と数を選び、小さな人差し指で弾き出した。

「お上手ですね。いま弾いたのは全部で何枚ですか」

「ええと、四枚と、三枚。だから七枚！」

おはじきで遊びながら算用をする二人の様子を、座敷の上から微笑を浮かべて見ていた女師匠は、ほかの幼い筆子にも声をかけた。

「あなたがたも一緒にやってみますか」

お春と同じく二月に入門した三人が、喜んでおはじきの仲間に加わった。

女の児ばかりの手習い処でも、簡単な算用と銭勘定を教えている。先々どのように生計を立てるとしても、勘定は暮らしの要となるものだからだ。

「おけいさん、そろそろ小さい人たちを席につかせてください」

「承知しました。さあ、奥へ行きましょう」

算用の次は習字である。おけいは土間でおはじきを弾く筆子たちを座敷に上げた。

「みなさんお静かに。心を落ち着けて墨をすりましょうね」

年かさの筆子たちは、自分の硯箱を開けて準備をはじめるが、年少組は少し目を離したすきに隣の子を小突いたり、軽口をたたいたりしてふざけてしまう。

「お春さん、墨が油団に落ちて……ああっ、お照さん、お友だちの髷を引っ張ってはいけません。おたけさんも蹴らないで！」

筆先から墨を垂らす子がいるかと思うと、つかみ合いの喧嘩をはじめる子までいて、おけいは息をつく暇もない。四つ半（午前十一時ごろ）が過ぎ、いったん昼餉のために家へ戻る筆子たちを送り出したときには、ぼうっと立ち尽くしてしまったほどだ。

「――あの、ごめんくださいまし」

はっと我に返ると、包みを手にした初老の男が、障子戸の外からおけいを見ていた。

「肥後屋の使いでございます。これを淑江さまにお届けしようと」

「淑江、さま……？」

そんな筆子がいただろうかと首をひねるおけいの背後で、気安げな声が上がった。

「おや、ご苦労さま。いつも手数をかけますね」

「なんの淑江さま。梅雨入り前の、外歩きにはよい時候でございます」

女師匠にも淑江という名前があることを、おけいはようやく知ったのだった。

中庭に植えられた花桃の木の梢で、四十雀が鳴いていた。ツッピー、ツッピーと高く繰り返される鳴き声さえも、静けさの一片として感じられる。

おけいは女師匠の淑江と並んで縁側に座り、中庭を見ながら昼餉をとっていた。

「タケノコのお寿司なんて珍しいですね」

「私もこの歳になって、初めていただきますよ」

二人のあいだに置かれた重箱には、タケノコの穂先を並べた押し寿司が詰められ、ワカメと合わせた煮物も別に添えられている。

昼餉を差し入れたのは〈くら姫〉の懐石料理を任されている辰三だった。煮炊きをしない師匠の家では、朝は煮売り屋で買った握り飯などですませ、昼と晩には隣のお蔵茶屋が用意した弁当をいただいていた。

今年の三月、師匠宅の立派な台所が〈くら姫〉に貸し出されると決まったとき、それまで仕出し屋から弁当を取り寄せていた師匠とその女中に、賃料代わりとして辰三のまかない料理が届けられることになったのだ。

「もう町中に出まわっているから、有名店の料理人たちは見向きもしないって辰三さんは言っていましたけど、やっぱりタケノコは美味しいですね」

初もの食いを自慢する江戸っ子の気風に合わせ、〈くら姫〉でも四月の上旬までは高価な走りのタケノコ料理を出していたが、今ではまかないに使うだけらしい。

「私は今の時期のものが好みです。大味なほうが性に合うのでしょうね」

淑江はそう言うと、かたい部分を使った煮物をうまそうに噛んだ。

七十一になる淑江には歯がきれいに残っていて、このお蔭で世間から若々しく思ってもらえるのだと本人は笑う。確かに歯があればこそ筆子たちを教える声も明瞭なのだろうが、淑江が若く見える理由はそれだけではないと、おけいはにらんでいた。

「さっき来られた方は、肥後屋さんの番頭さんですか」

「先代の番頭です。とうにお店のほうは退いたのですけど、今でもちょっとした使いなどで役に立ってくれています」

まだ聞いたばかりの話だが、淑江の生家の肥後屋は、元飯田町で拵屋を営んでいる。

〈拵〉とは、刀剣に付属する柄や鍔、目貫等の金具のほか、刀身を包む鞘などをさす言葉である。それらの装具類だけでなく、刃の研ぎから売り買いまで、刀に関するいっさいを引き受けるのが拵屋の商いなのだ。

武士の命ともいうべき刀を扱うことから、拵屋の家族は町人であってもそれなりの立ち居振る舞いを身につけるものらしい。

（どうりでお師匠さまは、武家のご隠居さまみたいだと思ったわ）

おけいが空になった重箱を台所の辰三に返し、ご馳走さまでしたと言って縁側まで戻ると、淑江は元番頭の手で届けられた小箱の中身を、ひとつ懐紙にのせてくれた。

「あ、これは橋元屋さんの……」

見覚えのあるウサギの焼き印は、前に〈くら姫〉の菓子選びの席で、吉祥堂の主菓子と競い合った薯蕷饅頭だ。

「橋元屋さんのお饅頭は私の好物です。肥後屋から近いこともあって、月の晦日には恩給に添えて持たせてくれるのです」

淑江は菓子箱の横にあった小さな紙包みを押しいただき、そっと懐へ忍ばせた。

「私がこうして好き勝手なことをしていられるのも、実家を継いだ甥っ子が世話してくれるお蔭なのですよ」

淑江の暮らしを支えているのが息子ではなく甥っ子だと聞いて、おけいはふと、うしろ戸の婆に与えられたもうひとつの役目について思いをめぐらせた。

『女師匠が消し忘れているものを、きれいに消してから帰っておいで』

ひとに読み書きを教えるほどの才媛が、いったい何を消し忘れたというのだろう。

「あ、あの、ごめんください」

饅頭のウサギを指先でなでながら考えていると、土間から遠慮がちな声が聞こえた。

「お入りなさい。縁側にいますから、庭をまわっていらっしゃい」

おけいが立ち上がるより先に、淑江が大きな声で返事をした。待つほどもなく土間の脇戸を通って中庭に現れたのは、小半時前に帰宅したばかりの筆子だった。

「どうしました、お初さん」

「お師匠さま、お昼どきにすみません」

面長で大人びた顔をした〈けむり屋〉の姉娘は、申し訳なさそうに目を伏せた。

「妹の硯箱を取りにうかがいました。午後は家で書きものをしたいと言うので」

「なぜお照さんが自分で取りに来ないのです」

「それは、その……」

お初は困ったように言葉を選んだ。

「お友だちとふざけ合ったとき、机に脚をぶつけたらしくて……」

ああ、あのときかと、おけいは思い当たった。

お初の妹のお照は、今朝の習字の途中で同年のおたけとつかみ合いの喧嘩をした。その場はおけいが引き離したが、おたけは髷がぐちゃぐちゃになり、お照は何度も蹴られたことを憤慨しながら帰ったのである。

「脚が痛いのなら仕方ありませんね」

淑江は奥の座敷へ行き、棚の上からお照の硯箱を手にして戻った。

「お家でしっかり綴り字の練習をするよう、お照さんに言ってあげてください」

「はい、ありがとうございます」

お初は足早に帰っていった。家で待っている妹に硯箱を届けたら、自分はとんぼ返りで午後の手習いに出てくるつもりだろう。

「お初さんは、妹思いのよいお姉さんですね」

兄弟のいないおけいは、連れだって手習いに通う〈けむり屋〉の姉妹をうらやましく思ったが、なぜか淑江は悩ましげな顔で、お初が立ち去ったあとを見つめていた。

◉

どこで寝泊まりしようとも、おけいは小鳥と同じくらい早く目をさます。そして、どこで働くことになろうとも、一日の仕事は井戸端で水を汲むことからはじまる。

今朝も一番に裏長屋との境にある井戸で釣瓶を使い、台所の水瓶を満たした。最後に自分の手ぬぐいを絞っていると、長屋のほうから長身の若い女がやってきた。

「お久しぶり。やっと会えたね、おけいちゃん」

「仙太郎さん……！」

女かと思ったのは、春先まで廻り髪結いをしていた若者だった。

「こんなに近くにいても、すれ違ってばかりでしょう。だから今朝は思いきって早起きをしてみたのよ」

まだ眠いけど甲斐があった、と嬉しそうに笑う仙太郎は、三月から〈くら姫〉の奉公人となり、女店主の右腕として働いている。

「そのお召しもの、とってもよくお似合いですね」

仙太郎が着ているのは、柳緑をはじめ、桃色や薄紫、浅葱などの多色を使った流行りの矢鱈縞だった。うなじのあたりで低く丸めた髪も含め、江戸の町娘があこがれる小粋なお姐さん風の装いである。

「実家のおっ母さんが縫ってくれたの。仕事で御殿女中の衣装を着る以外は、これで過ごしなさいって」

仙太郎は幼いころから女の姿で生きたいと願いながら、中途半端な日々を過ごしてきた。それがおけいとともにお蔵茶屋の再建に関わり、出直し神社のたね銭を授かったことで潮目が変わった。今では頑固一徹な父親とも和解して、己の生き方を認めてもらっている。

「ところで、あの二人はどうだったの。ちゃんとお稽古できたのかしら」

「初日ということもあって、すごく張り切ってらっしゃいましたよ」

前より柔らかくなった仙太郎の言葉づかいを少しこそばゆく、でも嬉しく思いながら、おけいは昨夜の手習いについて話した。

あらかじめ定めていたとおり、夜間の手習いは五月二日にはじまった。

昼間の仕事を終えた筆子たちが訪れるのは、六つ半（午後七時ごろ）のはずだったのだが、六つの鐘が鳴りはじめてすぐ最初のひとりがきてしまった。

一番乗りをしたのは、隣の町屋敷からきたお玉という若い女だった。急いで食べかけの夕餉を脇にどける淑江とおけいの姿を見て、お玉は慌てて引き返そうとしたが、淑江に引きとめられて申し訳なさそうに文机の前におさまった。

六つ半になると、次々に筆子たちが集まってきた。鋳掛屋の若者、棒手振りの醤油売り、紙屑買いの親父に続いて、おけいと馴染みの顔ぶれも現れた。隣家の〈くら姫〉で働いている長屋のおかみさんたちである。

『お政さん、おたねさん。お待ちしていました』

『よろしくお願いしますよ、おけいさん』

『あんたがいると聞いたから、あたしもその気になったんだからね』

そもそも淑江が大人に手習いを教えようと思い立ったのは、〈くら姫〉のお妙から相談を受けたことがきっかけだった。

――うちで働いてくれる女衆の中に、字が読めない者がいるらしい。

最初に気づいたのは、お蔵茶屋の女衆を束ねている仙太郎だった。

お客さまの案内を任せているお政は、月替わりで供される茶菓子の品書きを、繰り返し読み聞かせてくれるよう仙太郎に頼む。

下足番のおたねは、店蔵の上がり口で預かった履物をお返しする際、たびたび間違った履物を出しては、お客さまに叱られている。

仙太郎が質してみたところ、お政は簡単な仮名しか読むことができず、おたねに至っては、下足札の伊呂波の文字すら読めないことが判明した。

これを知ってお嬢さま育ちのお妙は驚いた。読み書きなど誰にでもできるものと信じて疑わなかった己を恥じ、手習い師匠の淑江に次の相談を持ちかけたのである。

――字が読めない大人たちに、今から読み書きを教えることができるだろうか。もし、〈くら姫〉の女衆を筆子に加えてもらえるなら、費用は自分が負担する。ほかにも読み書きを習いたい大人がいるなら、その手助けもしたい。

お妙の申し出に、淑江は俄然やる気になった。自らも費用の一部を担うと決め、実家の肥後屋をはじめ力を添えてくれるお店を募った甲斐あって、夜間の筆子からは束脩を受け取る必要もなく、書道具や教本をそろえることができたのだった。

『それでは、伊呂波の文字を書いて覚えるところからはじめましょう』

初日に集まった六人の男女は、年齢も仕事もまちまちだが、一度も筆を持ったことがないという点で相通ずる仲間である。みな慣れない手つきで水滴から水を垂らし、硯の上でカチャカチャと墨を鳴らした。

『音をたててはいけません。硯の平らなところで静かに墨を滑らせるのです』

どの顔も真剣そのものだが、思わぬことをしでかす者もいる。

『ああ、そこのあなた、お玉さんでしたね。お水は硯の窪んだところにおさまる程度の量でよいのですよ』

お玉が墨を前後に動かすたび、硯から水が溢れ出している。

おけいは余分な水を桶に捨ててやりながら、ふと、以前にもお玉と会ったことがあるような気がして、その横顔をしげしげと眺めた。
二十七、八かと思われるお玉は、ぽっちゃりとして肌が白く、左の口もとにあるホクロがおけいの目から見ても色っぽい。どこかで会ったのなら覚えているはずだ。
(わたしの気のせいかな……)

結局、いくら考えても思い出せなかった。

◘

五月五日は端午の節句である。子供の健やかな成長を願う日ということで手習いは休みとし、師匠が自分の筆子たちに菓子を振る舞うのが恒例になっている。

淑江の手習い処でも、昼の八つ過ぎから中庭で菓子を配ることにしていた。

おけいは朝から沸かしておいた麦湯を井戸水で冷やし、淑江は邪気を払うとされる菖蒲の葉を軒下に刺して、子供たちをもてなす支度を整えた。

「お師匠さま、こんにちはっ」

「こんにちはっ」

八つの鐘が鳴るのを待ちきれずに駆け込んできたのは、筆子のなかでもとりわけ活発なお仲とおたけの仲良し組だった。

「今年も一番にきてくれたのですね。おけいさんからお菓子を受け取ってください」

「さあ、こちらへどうぞ」

縁側に座して子供たちを出迎える淑江の横で、おけいは柏の葉で挟まれた餅を、懐紙にのせて手渡した。

「見て、おたけちゃん。これが志乃屋さんの柏餅だよ」

「うわあ、おいしそうだねぇ、お仲ちゃん」

二人が目を輝かせて受け取ったのは、隣家の〈くら姫〉で五月の茶菓子として供されている柏餅だった。お妙の口添えで融通してもらえることになったのである。

お仲とおたけが縁側に座って柏餅を食べる間にも、近所の筆子たちが次々と中庭に入ってくる。少し遅れて遠方のお嬢さんたちも顔を出した。

「お師匠さま、こんにちは」

「遠いところをよくきてくれました。どうぞお菓子を召し上がれ」

直前まで子供たちの集まり具合を気にしていた淑江は嬉しそうだ。

これまでの節句にも菓子を振る舞っていたのだが、訪れるのは小店か長屋の子供だけで、裕福なお嬢さんたちは、菓子のためだけに休日の手習い処へ足を運ぼうとしなかったらしい。それが今回、志乃屋の柏餅を用意すると伝えておいたのが功を奏したのか、ほとんどの筆子が中庭に詰めかけた。

（おしのさんの店の名前が、それほど知れ渡っているんだ……）

もと木戸番小屋の女房だったおしのが、心の奥に抱え込んでいた父親の不幸を乗り越え、出直し神社のたね銭を元手にはじめた店が志乃屋なのである。

おけいが残り少なくなった柏餅を眺めながら思いを馳せていると、最後の筆子が三人そろって走り込んできた。

「お師匠さま、遅くなりました」

「まあお千代さん。今年はきてくれないのかと心配しましたよ」

安堵の表情で迎える淑江の前に、〈けむり屋〉のお初が進み出て頭を下げた。

「すみません、お師匠さま。わたしたちがお千代ちゃんを待たせてしまったんです」

支度に手間取ったことを詫びるお初は、菖蒲と水紋が描かれた上品な友禅を着ていた。妹のお照の着物も、矢車の総模様に刺繍まで施された贅沢なものだ。

「ねえ、あんた。志乃屋の柏餅ってこれなの？」

縁側に寄ってきたお照が、木箱の菓子を指さして訊ねた。

「はい、そうですよ。いま懐紙にお取りしますから」

おけいが言い終えるより早く、お照はずいと手をのばして柏餅をつかみ取り、葉を引きはがして食べはじめた。

お店のお嬢さんとは思えない振る舞いに、おけいが言葉を失っているところへ、挨拶をすませたお千代とお初がやってきた。

「おけいさん、こんにちは」

「こ、こんにちは」

おけいは大急ぎで柏餅を懐紙にのせて差し出した。もちろん慌てる必要などない。二人とも行儀よく菓子を受け取り、礼を言って下がろうとした。

するとそこへ、自分の柏餅を食べ終えて指をねぶっていたお照が割り込んだ。

「姉さん、それちょうだい」

お照の小さな目が狙い定めているのは、お初の手にした柏餅である。

「だめよ、お照ちゃん。自分の分は食べたじゃないの」

その場に立ちすくんだお初に代わり、非難したのはお千代だった。

「だって姉さんは甘いものが嫌いなのよ。ねえ、そうでしょう」

満月みたいなお照の丸顔が、三日月を思わせるお初の細面(ほそおもて)をのぞき込む。

「だめだってば。お初ちゃんだって楽しみに――」

「ううん。いいのよ、お千代ちゃん」

お初はあきらめたように、薄い笑みを浮かべて柏餅を差し出した。

姉の分までお照が柏餅をむさぼり、その足もとに散らかった二枚の柏の葉を、お初が拾い上げて屑籠に捨てるまで、おけいは黙って見ていることしかできなかった。

「のどが渇いちゃった。姉さん、麦湯を持ってきて」

天真爛漫どころか、傍若無人という言葉が似合いそうなお照が、今度は麦湯を所望した。お初が縁側に用意された土瓶を傾けたが、ほかの筆子たちがあらかた飲んだあとで、茶碗に注がれたのはほんの数滴だけだった。

「ぜんぜん足りないわ。麦湯よりお水が飲みたい」

それを聞いたおけいの頭に、ちょっとした考えがひらめいた。

「ではお照さん。ご自分で井戸へ行ってお水を汲んでください」

「えー、面倒くさぁい」

口をとがらせるお照の袖を、横からお千代が引っ張った。

「ほら行こう、お照ちゃん。わたしが釣瓶の使い方を教えてあげる」

察しのよいお千代は、おけいに軽く目配せをすると、ぶつくさ文句をたれるお照の背を押して裏庭へ消えていった。

おけいはその隙に、ぽつんと立っているお初を手習い処の座敷に招き入れた。

「なんですか、おけいさん」

「いいから、早く――」

座敷の奥には教本や書道具を置いている書架がある。おけいはその上から柏餅をのせた小皿を下ろして、お初に差し出した。

「どうぞ、召し上がってください」

「え、でも……」

「遠慮はいりません。ひとつ余っていたんです」

本当は余りものではない。おけいのために淑江が取り置いてくれた分だ。

自分の柏餅を差し出すおけいには、端午の節句にまつわる苦い思い出があった。

お初と同じ十一歳のころ、下働きをしていたお店で初節句の祝いがあり、奉公人たちにも柏餅が振る舞われた。おけいは楽しみにとっておいた柏餅を仕事の合間に食べようとしたのだが、意地の悪いお店のお嬢さんに見つかり、目の前で食べられてしまった。

先刻、妹に柏餅を取り上げられるお初を見て、そのときのやり場のない悔しさや切なさが、まざまざと胸の中によみがえったのである。

「すみません……いただきます」

何度も促されたのち、お初がようやく柏餅を口にした。おいしそうに餅を噛みしめるその顔は、とても甘いものが嫌いなようには見えなかった。

それからというもの、おけいは〈けむり屋〉の姉妹が気にかかるようになった。

筆子の女中たちから聞いた話によると、馬喰町の表通りに店を構える〈けむり屋〉は、かなり羽振りのよい煙草問屋らしい。母親が派手好みの人で、二人の娘が平素から華やかな衣装を着ていることでも知られているようだ。

一見すれば仲睦まじい〈けむり屋〉姉妹だが、気をつけて見ていると、首をかしげたくなることがいくつもあった。

姉妹は近所のお千代と誘い合わせてやってくるのだが、お照はいつもお千代としゃべりながら手ぶらで前を歩き、お初が妹の分まで荷物を抱えてうしろを歩く。

そもそも〈けむり屋〉の身代なら、娘たちにお供がついてしかるべきなのだが、送り迎えの大人が一緒にいるところを見たことがない。

本人たちには答えてもらえない気がしてお千代に聞いてみると、お目つけ役がいたのでは気楽に買い食いができないから、お照が嫌がるのだと教えてくれた。

いずれにしても、お照は勝手気ままである。今朝も手習い処に着くなり、鼻紙入れを忘れたと言って騒ぎだした。鼻紙くらい自分のものを貸してやると、朋輩たちはもちろん、師匠の淑江がなだめても聞こうとしない。

『姉さん、取ってきて』

　このひと言で、お初は八町離れた店まで戻り、わざわざ鼻紙入れを取ってきた。

　姉のお初が言いなりになっているのも解せなかった。見かねた淑江が姉妹を呼び、長幼の序について言い聞かせても謝るのはお初のほうで、お照は横を向いてふてくされる。

（どうも落ち着きが悪いわ。あれでは姉妹というより……）

　ぼんやり考えるおけいの肩を叩くものがある。はっとして振り返ると、下足番のおたねが仮名の教本をこちらに向けていた。今は夜間の手習いの真っ最中で、伊呂波の読み方から習いはじめる筆子の世話をしているのだった。

「おけいさん、この字はどう読んだらいいのかね」

「ごめんなさい。すぐ行きます」

　おけいは急いでおたねの横についた。

「ああ、これは〈はりばこ〉ですね。一文字目と三文字目はどちらも〈は〉の字です。わざと字体の違う仮名を使っているのですよ」

　いろはにほへとちりぬるを……の歌でも知られる伊呂波は四十七文字とされているが、文章を書くためには字体の異なる仮名をいくつも使い分ける必要がある。子供は考える前に丸覚えしてしまうが、初めて字を覚える大人にとってこれは大きな難関だった。

「なあ、こっちも見てくれ。こりゃあいったいなんて読むんだい」

おたねと並んだ紙屑買いの親父が首をかしげている。

「これは〈きつつき〉と読みます。〈丶〉は前の字を繰り返すしるしですよ」

自分より年上の筆子たちを相手に、おけいは大忙しだ。

一方、土間に近い座敷では、淑江が突然やってきた女の話を聞いていた。

「――それで、今月だけ字の書き方を習いたいと？」

「はい。急に押しかけて勝手を申します」

おゆうと名乗った若い女は、憂いを帯びた細面を伏せた。

「商いの都合で、ほんのひと月ばかり橋本町の長屋に住まうことになったのですが、紺屋町のお師匠さまが大人にも手習いをさせてくださると噂を聞いて……」

仮名は読めても、二十七歳になる今日まで筆を持ったことがないというおゆうを、淑江は七人目の夜間の筆子として受けいれた。

「月末まで二十日ほどですから、さっそく筆の持ち方をお教えしましょう。お席は、そうですね……お玉さんの隣に座ってもらいましょう」

誰より熱心に字の練習をするお玉の隣で、淑江は真新しい筆をおゆうに渡した。

同じ歳ごろの二人がぎこちない手つきで筆を持つ姿を、おけいは奥の座敷から見ていて不思議な心持ちになった。初めて会ったおゆうの顔に見覚えがある気がするのだ。

数日前にお玉と会ったときも、やはり同じような気分になった。あのときは自分の勘違いとして片づけたのだが……。

「あれまあ、イノシシのイは〈ゐ〉と書くのかい。あーもう、覚えてられないよ」

すでに五十の坂を越えているおたねが、頭を抱えて悶えだした。

「焦らないでください。ゆっくり、一文字ずつやっていきましょう」

今回もおけいは自分の迷いを頭から追い出した。

◉

手習い処の座敷には油団が敷きつめられている。油団とは和紙を何枚も重ね合わせた上に桐油を塗った敷物のことで、これがあれば、筆子たちがうっかり墨をこぼしても畳を汚さずにすむ。

今日も小さなお春が油団にこぼした墨を拭きとるおけいのもとに、朝の手習いを終えたお千代がやってきた。

「おけいさん、午後の手習いが終わったら一緒にお出かけしませんか」

「今日の午後ですか」

うなずくお千代のうしろには筆子たちが集まり、真剣な面持ちでこちらを見ている。

「みんなでオデデコ芝居を見に行くことになっていたのですけど、今朝になって子供たちだけでは心配だって、おっ母さんが言い出したんです。でも、おけいさんが一緒に行ってくださるなら——」

つまり自分たちのつき添いとして、見世物小屋に入ってほしいというのだ。

「お願いします、おけいさん」

並んで両手を合わせたのは、筆子頭のお梅だった。

「今日のお出かけを考えて、みんなに声をかけてくれたのはお千代ちゃんです。そのお千代ちゃんが行けなくなったら、私も心から楽しめません」

音曲（おんぎょく）が得意なお梅は、三味線と琴の稽古に本腰を入れるため、今月いっぱいで手習い処を去ることになっていた。今日のお出かけは、お梅のお別れの会でもあるらしい。

「わたしも、おけいさんがきてくれたら心強いな」

「あたし、おけいさんが一緒だから大丈夫って、もうおっ母さんに言っちゃった」

口々に騒ぐ筆子たちを前に、おけいは困ってしまった。自分は手習い処を手伝いにきた身である。気安くお嬢さんたちの遊山（ゆさん）に加わるわけにはいかない。

すると、それまで奥の座敷で背を向けていた淑江が立ち上がって言った。

「みなさん、七つ半（午後五時ごろ）にはお家に帰ると約束できますか。それが守れるなら、おけいさんを貸してあげましょう」

わっ、と、筆子たちが歓声を上げた。

「お約束します、お師匠さま」

「わーい、うまくいったねえ」

子供たちの目から逃れるように、淑江は慌ててうしろを向いた。その表情には堪(こら)えきれない笑みがあふれていた。


梅雨どきとは思えない晴天の下、筆子たちの一行は両国(りょうごく)を目指して歩いていた。

お出かけに参加したのは年長組と年少組を合わせて十一人。それに加えて、お嬢さんにつき添う女中たちの姿まである。

(女中さんが何人もいるのに、わたしが同行する必要があったのかしら……)

首をひねりながら歩くおけいに、お千代がこっそりと打ち明けた。

「あれは、みんなで考えた方便だったんです。オデデコ芝居におけいさんをお誘いしたくて、お師匠さまのお許しをいただけないか知恵をしぼりました」

お千代たちは、おけいをお出かけの仲間に加えようと、ひと芝居打ってくれたのだ。

(だからお師匠さまは、うしろを向いて笑っていらしたのだわ)

見抜いたうえで自分を送り出してくれた淑江に感謝しながら、おけいは可愛(かわい)い筆子たちとの遊山を楽しむことにした。

「みなさぁん、もうすぐ広小路(ひろこうじ)に入りますよ。二人ずつ手を繋いでくださぁい」

お千代の声かけで仲良し同士が手を繋いだ。いつもは泣き虫のお春も、歳上の子に手を引いてもらって機嫌がよい。お供の女中たちもおしゃべりをしながら楽しそうだ。

「うわー、すっごいたくさんの人がいる」

「よその人について行ってはダメですよう。気をつけてくださぁい」

両国橋の西側には、誰がどこに向かっているのかわからないほど多くの人が、幅広い道を行き来していた。

両国広小路と呼ばれるこの一帯は、火事の広がりを抑えるために設けられた火除け地であることから、まともな家を建てることは許されていない。その代わり、いざとなったら簡単に取り払える葦簀張りの茶屋がひしめくように店を出し、食べものを売る屋台や、見世物小屋まで加わって、江戸有数の盛り場となっている。

一度は人混みの中で離ればなれになった筆子たちだったが、あらかじめ待ち合わせに定めておいた両国橋のたもとで再び集まった。

「みんなそろったかしら」

「お初ちゃんとお照ちゃんが、まだきていないわ」

ひとかたまりになって〈けむり屋〉姉妹を待つあいだにも、大川をはさんだ向こう岸から途切れることのない人波が押し寄せてくる。そのうねりの中に大きな赤い傘を見つけて、おけいは思わず声を上げた。

「あっ、おっちょこちょいだ！」

それは前にもお堀端で見た〈住吉おどり〉の一団だった。びらびらの縁飾りをつけた赤い大傘が近づくとともに、お馴染みの節が聞こえてきた。

〽吉田なァ、通れば二階からまねく、しかも鹿の子のォ、ヤレ振袖でェ。ソーレ、おっちょこちょいのちょい、おっちょこちょいのちょい

赤い大傘はひとつではない。うしろにふたつの傘が続き、そろいの白衣に股引姿で団扇を手にした願人たちが、三十人ばかりも傘のまわりを踊りながらやってくる。

「いやだ、こわい……」

お春が泣きそうな顔で、おけいの腕に縋りついた。

「どうしました、お春さん」

「おっ母さんが言ったの。あの人たちは傘の中に子供を隠してさらっていくんだって」

あどけない訴えに、おけいは微笑をもらした。

〈住吉おどり〉の願人坊主は、派手な唄と踊りで人寄せをして札をばらまき、拾って持ち帰る子供のあとをつけて、親に勧進の銭を求める。いらない札など買わされては困る親たちは、つくり話を聞かせて子供が札を拾ってこないようにしているのだ。

「見るだけなら大丈夫。でも、お札に触れないようにしましょうね」

おけいは怖がっているお春を引き寄せ、目の前に降ってくる色刷りの札から遠ざけた。ところが、橋の上に舞い落ちた札にさっと手をのばした筆子がいた。

「あ、それは――」

止める暇もなく赤色の札を拾ったのは、いつの間にか橋詰にきていたお照だった。お照は色違いの札をもう一枚拾い上げると、その場で勧進の銭を願人坊主に支払った。

「お照ちゃん、昨日もお札を持ち帰ったばかりでしょう」

軽くたしなめるお初に、お照が下唇を突き出した。

「うるさいわね。あたしのお小遣いで買うのだからほっといてよ」

その乱暴な言いぐさは、姉妹のうしろにいたおけいの耳にも届いた。お初は悲しそうに眉尻を下げたが、なにも言い返そうとはしなかった。

全員そろった筆子の一行は、お目当ての見世物小屋へと場所を移した。

数日前にも家人と一緒にきたばかりだという筆子の案内でたどり着いたのは、四方を筵でおおわれた粗末な小屋だった。江戸万歳、浄瑠璃、物まね、辻放下などと書かれた幟がひるがえる中に、オデデコ芝居の幟もあるから間違いない。

「ほら、あすこで木戸銭を払って入るのよ」

筵をめくり上げた入り口らしきところで、銭函を抱えた男が立っていた。木戸銭は大人が二十文、子供は十二文と銭函に書かれている。

淑江が持たせてくれた小袋の中から、おけいが四文銭を五枚取り出して渡すと、男はそのうちの二枚を返してきた。

「巫女（みこ）さんだろうと、坊さんだろうと、子供は十二文でいいんだよ」

「だったら、わたしは二十文ですっ」

おけいは返された銭を男の手に押し戻し、憤然として小屋に入った。そのやりとりを見て、お千代が可笑（おか）しそうに笑っている。

「正直ですね。木戸口の人も、おけいさんも」

確かにそのとおりである。どちらも黙って銭を受け取ってしまえば得するものを、そんなことは思いもつかない正直者だったのだ。

（ちょっと大人げなかったかしら……）

ムキになったことを恥ずかしく思いながら、おけいは見世物小屋の中を見渡した。

小屋には天井がなく、青い空が筒抜けだった。壁代わりの筵を半分ほど巻き上げてあるので風通しもよくて明るいが、雨が降ったら即打ち止めだ。奥には幕が垂れていて、そこから先が舞台という建前らしい。

「おけいさん、お千代ちゃん。早くおいでよ」

「こっちにおいでよう」

前の席を陣取ったお伸とおたけが呼んでいる。

席といっても地面に筵が敷いてあるだけで、つき添いの大人たちは子供の邪魔にならないよう、うしろに下がって立っている。子供と同じ背丈のおけいは、筆子たちに囲まれて筵の席につくことになった。

「こないだ私がきたときには、最初に芥子之助が手玉をとったのよ」

「あたし、ニワトリの物まねが見たぁい」

「ウグイスならわたしもできる。ホーホケキョー」

幕が上がるまでのわずかな時間さえも、女の児は口を閉じていない。賑やかなおしゃべりにバリバリという音が混じるのが気になって前の列をのぞくと、お照が醤油せんべいの袋を抱えていた。これを屋台で買っていて、橋のたもとに集まるのが遅れたらしい。

おけいが呆れているうちに、陽気な笛と太鼓の出囃子が聞こえてきた。

「そら、はじまるわよ」

五十人ほどの子供たちが、一斉におしゃべりをやめた。

幕が上がって現れたのは、芥子之助と呼ばれる手妻の男だった。高さが二尺（約六十センチ）もある下駄をはき、小さな毬をいくつも頭上に投げてあやつる芥子之助は、先に投げ上げた豆粒を、あとから投げた鎌で切るという離れ業で喝采を浴びた。

その次は物まねをする男で、二羽の雄鶏をひとりで演じる『ニワトリの喧嘩』が秀逸であった。コケーッ、コケーッと叫びながら舞台を走りまわる姿に、子供たちが手を叩いて大笑いをしたあとは、いよいよお待ちかねのオデコ芝居である。

見世物は初めてのおけいでも、オデデコというのが御出木偶（おでこ）——つまり人形のことで、今から人形を使った芝居がはじまることくらいは予測がついた。

いったん引かれた幕が再び開くと、正面に大きな木箱が据えられていた。上には三つの笊（ざる）が伏せてあり、うしろに南蛮（なんばん）風の衣装をつけた男が立っている。よく見れば南蛮人ではなく、さっきまで小屋の入り口で木戸銭を集めていた若い男だった。

「とざいとうざーい。坊ちゃん、嬢ちゃん、旦那さま、うしろでご覧のお姐さまがたも、本日お集まりのみなさまは、もっけの幸い、ただ取り山のホトトギスでございます」

男が口上を述べるあいだにも、客席でバリバリとせんべいを齧（かじ）る音がする。

「せんべいを食ってる場合じゃない。これよりお目にかけますのは、日ノ本を離れたること三千里、波間に浮かぶ高砂（たかさご）の、そのまた沖の咬𠺕吧（ジャガタラ）に、ミズチが族の溜（たま）りあり——」

ちんぷんかんな言葉に、子供たちがぽかんと口を開けている。男も心得たもので、すぐ小さな子にもわかるようにしゃべりだした。

「さてさて、この三つの笊の中に何が入っているか、わかるかなぁ」

ネコだ、オバケだ、などと口々に叫ぶ子供たちの中で、前にも同じ出しものを見た子が、ヘビだヘビだと大声を上げる。

「蛇といっても、そんじょそこらの蛇じゃない。咬𠺕吧の火の山で生まれた世にも珍しい火炎の蛇、今から呼び出してご覧にいれましょう」

そう言うと、男は奇妙なかたちの笛を取り出して息を吹き込んだ。仔牛が鳴くような音が流れ出し、箱の上に伏せてあった笊のひとつが持ち上がって、鮮やかな赤い蛇が頭を出した次の瞬間、どっ、と客席から笑いが起こった。

鎌首を持ち上げた火炎の蛇は、人の腕にあやつられたオデコだった。丸い目玉が動き、口の中で舌がちょろちょろしているが、どう見ても本物でない。

「こらーっ、本物のヘビを出せーっ」

お決まりの野次を聞き流して男が笛を吹き続けると、今度は別の笊が持ち上がり、青色の蛇がにょろりと現れた。

「こちらは御魯西亜国の雪の原で、氷を喰って千年生きた、氷雪の蛇でございまぁす」

青い氷雪の蛇はにょろにょろ身をくねらせ、赤い火炎の蛇と絡み合って踊った。

こんなのはつまらない、十二文も木戸銭を払って損をしたと、再びせんべいを齧りだしたお照のうしろで、お千代が面白そうにささやいた。

「ひとつ残った笊は、どうなるのでしょうね」

「さあ、わたしにもわかりません」

おけいは息をつめて、三つ目の笊を見守った。

人が隠れていると思しき箱の上には、あとひとつ笊が伏せてある。人の腕は二本しかないのだから、同時に二匹の蛇しか呼び出せないはずなのだが……。

突然、笛の音がやみ、静まり返った小屋の中に不気味な鳴りものが響いた。

ヒュー、ドロドロドロドロ……。

ゆっくりと三つ目の笊が持ち上がった。蛇らしきものが頭をもたげたが、今度の蛇には目玉も口もない。代わりに黄色と黒のしま模様の毛で全身をおおわれている。

「あれ、ヘビなのかしら」

「うちの猫の尻尾（しっぽ）みたい……」

子供たちがざわついたところで、舞台のそでから大きな声が響いた。

「大変だーっ、トラが檻（おり）から逃げたぞーっ」

その声を合図に箱の前面の板がバタンと外れ、しま模様の獣が飛び出した。

「きゃーっ、トラがでたぁーっ」

どこかで悲鳴が上がった。一瞬だけ子供たちも逃げ腰になったが、すぐケラケラと笑い出した。目の前を威張って歩くのが、虎の格好をした人の子だとわかったからだ。

四つ足で歩きまわる子供は、紙子と布でできた虎の面を頭からかぶっていた。黄色と黒に塗り分けた衣装をつけ、首にはズダ袋を下げている。

「小虎さん、こっちへいらっしゃい。ご祝儀をあげましょう」

どこかの店のお嬢さんが虎を差し招き、ズダ袋の中に四文銭を入れた。

もののわかった虎は、小銭をくれたお嬢さんに頭をこすりつけてお愛想をしている。

「あたしも、ご祝儀をあげたい」

「あげたいっ」

子供たちがワッと虎を取り囲むあいだに蛇使いの男は姿を消し、静かにオデデコ芝居の幕が引かれた。

「おけいさんもご祝儀をあげに行きますか」

「いいえ、わたしはここで……」

きっかり木戸銭しか持たされていなかったお千代と一緒に、おけいも少し離れたところから小虎にご祝儀を渡す子供たちを見守った。

ちょうどお初がズダ袋に銭を入れたところで、なぜか大喜びの虎は、お初に頭をこすりつけるだけでは飽き足らず、前足を上げてぎゅっと腰に抱きついている。

「わあ、いいなぁ、お初ちゃん」

順番を待つ子供たちはうらやましそうだ。それを聞いて、素知らぬ顔でせんべいを齧っていたお照が、虎の頭をやさしく撫でているお初を横から突き飛ばした。

「どいて。あたしもご祝儀をやるんだから」

はずみで倒れてしまった姉に目もくれず、お照は自分の巾着から小銭をつかみ出すと、虎の前につき出した。

「そら、これをやるから逆立ちでもしてごらん」

ところが、小さな虎は銭を受け取ろうとしなかった。ズダ袋の口を手で押さえ、お面をつけていてもそれと知れる怒りのこもった目でお照をにらんだ。

「受け取れないっていうのかい。この物乞いが――！」

気の短いお照は、握っていた銭を小虎めがけて投げつけた。

紙子の衣装に当たった銭が八方に飛び散り、あたりは騒然となった。筆子たちはもちろん、おけいもびっくりして、お初を助け起こしたまま動けない。

いやな雰囲気がただようなか、気がつけば、一人の女が地面に散らばった銭を一枚ずつひろい集めていた。

「申し訳ございません、お嬢さま」

女はお照の前へゆくと、小銭を返して深く頭を下げた。

「うちの子役がたいへん失礼をいたしました。あとできつく言い聞かせますから、どうぞお許しください」

覚えのある声だった。ゆっくり振り向いた女を見て、おけいは思わず声を上げた。

「あなたは――」

その憂い顔は、ひと月だけの約束で夜間の手習いに通っているおゆうだった。

人通りの少ない昼下がりの町を、おけいは傘をさして歩いていた。大雨になると水はけの悪い江戸の路上はぬかるみに変わり、お店のお嬢さんたちは手習い処を休む。今日はいつもの半分しか筆子がいないということで、師匠の淑江から別用を言いつかったのだ。

「もうこのあたりは橋本町だけど……」

おけいは四辻（よつじ）に立ち止まってつぶやいた。探しているのはおゆうの家だ。二日続けて夜間の手習いに来なかったことを淑江が心配し、自分の代わりにおけいを差し向けたのだが、いかんせん住まいは橋本町としかわからない。

ちょうど目の前の自身番屋から出てきた番人らしき男を呼び止めて、心当たりがないか聞いてみた。

「両国の見世物小屋に出ている家族かい」

今から遅い昼飯を食いにいくという番人は、おけいを連れて歩き出した。

「この界隈（かいわい）には、芝居者やら願人坊主やらが住んでいる長屋がいくつかあってね。ほら、あすこに見える町屋敷の願人長屋にも、よく芝居者が出入りしている。雨の日は家にいるはずだから行ってみるといい」

親切な番人と別れ、おけいが教えられた願人長屋へ行ってみると、一番奥の障子戸から出てきた女の児と目があった。六、七歳かと思われる女の児は、おけいを見るなり家のなかを振り返って声を上げた。

「お母ちゃん、巫女さんがきた。こないだのカエルみたいなお顔の巫女さんだよ」

「こ、これ、おつぎ。失礼なことを」

頰(ほお)を赤らめたおゆうが、慌ててまろび出た。

「ごめんなさい、おけいさん。子供の戯言(ざれごと)なのでどうか、その……」

真に受けないでくれと詫びるおゆうに、おけいは大きな口で笑ってみせた。

「いいんです。今日は雨降りですし、一段とアマガエルに似せてきましたから」

若草色の袴(はかま)に深緑色の番傘をさした姿が、葉っぱの傘を持ったアマガエルにそっくりであろうことは、おけい自身も承知している。

ともあれ、おけいを家の中に招き入れたおゆうは、あとに続こうとする娘に言った。

「おつぎ、あなたは芥子之助のおじさんに手玉とりを習うのでしょう」

「えーっ」

娘は不服顔だったが、いく度も振り返りながら向かいの家へ入っていった。

「どうぞお上がりください。むさ苦しいところですが……」

おけいは畳に上がって部屋を見まわした。四畳半の部屋の隅には柳行李(やなぎこうり)と布団が置かれ、壁には見覚えのある南蛮風の衣装と、小さな紙子の虎の衣装がかけてある。

「もう、お気づきでしょうが、私たちはオデコ芝居の一座です。南蛮人の格好で笛を吹いていたのが亭主。娘のおつぎが紙子の虎に扮していました」

おゆうは向かい合わせに座って、畳に両手をついた。

「素性を隠して読み書きを教わろうなんて、厚かましい真似をいたしました。お師匠さまに申し訳ございませんでしたとお伝えください」

「ちょ、ちょっと待ってください」

頭を下げようとするおゆうを、慌てておけいが止めた。

「わたしはお詫びを聞くためにうかがったのではありません。お師匠さまに言いつかって、おゆうさんを呼び戻しにきたのです」

「では、お師匠さまはご存じないのですか、私が、その、乞胸だと……」

乞胸とは、寺社の境内や空き地などで、芸を見せて世渡りする人々の総称である。町人としての身分を認められてはいるが、物乞いと同列に扱われることもある稼業だった。

「いいえ、ご承知のうえです」

二日前、両国から戻ったおけいは、見世物小屋での一部始終を淑江に話していた。すべてを知ったうえで、淑江は手習い処におゆうを呼び戻そうとしているのだ。

「おゆうさんは今月末までしかおいでになれない。もう今日は十四日だから、残りの半月は時を惜しんで通ってもらいたいと、お師匠さまはおっしゃいました」

「そんなふうに、私のことを……」

おゆうは帯に挟んでいた手巾で、そっと目がしらをぬぐった。

「今月末と申し上げましたが、川開きの前日に両国での興行は終わります。月末には浅草へ引き上げてしまっているかもしれません」

おゆうの一座が拠りどころとしているのは浅草だった。ヘビを使った芝居が思わぬ人気を博したことから、ひと月だけ両国での興行に加わるよう元締が差配したのだ。

大川の川開きは五月二十八日である。この日を境に納涼の客を乗せた船が川面に浮かび、両国橋の周辺は賑わいを増す。見世物小屋の出しものも一新されるのだという。

「では、なおのこと頑張って手習いをしましょう。わたしにお手伝いできることがあれば気軽に声をかけてください」

「ありがとうございます、おけいさん」

また今晩から紺屋町の手習い処に通うことを、おゆうは約束したのだった。

障子戸を開けると、ほとんど雨が上がっていた。

閉じた傘を手にしておけいが帰ろうとするうしろから、買いものへ行くついでがあると言って、おゆうも一緒に家を出た。

先刻まで誰もいなかった長屋の路地には、どこから湧いて出たかと思うほど大勢の男たちが集まっていた。みなそろいの白衣に股引姿で帯に団扇を挟んでいる。

〈この人たち、〈住吉おどり〉の願人だ……〉

赤い大傘が担ぎ出されるのを見て、おけいは思い当たった。さっき自身番屋の男が言っていたとおり、このあたりには願人坊主たちが大勢住まっているのだ。

「おゆうさん、お出かけかい」

「ええ、おつぎに駄菓子でも買ってやろうと思って」

愛想よく答えるおゆうに、次々と願人が声をかけている。世間の枠からはみ出た者同士、オデデコ芝居の一座は〈住吉おどり〉の連中とうまく付き合っているらしい。

「そうだ、おゆうさん」

長屋の木戸を抜け、ぬかるんだ道を歩きながら、おけいは思いついたことを訊ねた。

「先日のオデデコ芝居で、おゆうさんは何の役をしていたのですか」

ふふっ、と面長の顔がいたずらっぽく微笑(ほほえ)む。

「私は、これを操っていました」

これと言いつつ、おゆうは袖から伸びた長い腕をくねくねと動かしてみせた。

「わかった。二匹のヘビを動かしていたのが、おゆうさんだったのですね」

「そんじょそこらの蛇ではありません。咬嚠吧の火の山で生まれた火炎の蛇と、御魯西亜国の氷を喰って千年生きた氷雪の蛇でございまぁす」

蛇使いをそっくり真似た口上に、おけいは声をたてて笑った。

手習い処では物静かなおゆうだが、オデデコ芝居の話となると、人が変わったように饒舌だった。どうしたら蛇らしく見えるのか考えるあまり、眠りながら腕をくねくねさせて亭主に気味悪がられたことや、虎の格好で箱の中にひそんでいた娘が、大きなくしゃみをして困ったことなど、次々と裏話を話してくれる。

（本当に仲のよい家族なのね）

世間から何と思われようとも、心をひとつにして生きる家族のありようは、天涯孤独のおけいからすれば、うらやましいかぎりだった。

いつしか二人は、旅籠が軒を連ねる馬喰町の表通りを歩いていた。この反対側の裏道に、おけいが少し前まで手伝っていた十石屋がある。

十石屋のお千代は雨でも手習いを休まない。そろそろ家に帰ったころだろうと思いながら西隣の町まで来ると、路地の駄菓子屋の前に大勢の子供がたむろしていた。そのなかの一人がこちらを見て、気まずそうに下を向いた。

「お千代さん――？」

路地にいたのはお千代だけではない。〈けむり屋〉姉妹のお初も横で会釈をした。

「一緒にお買いものですか」

うつむくお千代の代わりに、お初が進み出て言った。

「わたしがお誘いしたんです。妹とお菓子を買いに出たら、お千代ちゃんが通りかかるのを見かけて、一緒に連れてきてしまいました。ごめんなさい」

お初は自分が誘ったのだと繰り返して、おけいに詫びた。

淑江の手習い処では、行き帰りの買い食いを禁じている。こっそり駄菓子を買って食べる子もいるようだが、今のところ名を挙げて咎められてはいない。

おけいも手習い処の決まりなど知らなかったことにして、自分のうしろにいるおゆうに話しかけた。

「この駄菓子屋は、子供に人気があるようですね」

「え、ええ。私も人づてに聞いて、娘に飴玉でも買ってやろうと思ったのですけど」

よその町の子供らも買いに来るという駄菓子屋の前には、十人ばかりの子供が群がっている。その真ん中で品定めをしているのは〈けむり屋〉のお照だった。

お照は店台に並んでいる菓子を指さしては、次々と店番の婆に包ませている。そんなにたくさん買ってどうするのかと思っていると、買ったばかりの塩せんべいをバリバリ齧りながら、指をくわえて見ている貧しげな子供たちに言った。

「あんたたちも欲しいのかい。だったら、そらっ」

無造作に包みを丸めたかと思うと、お照はそれを道端へ放り投げた。

わっ、と子供たちが追いかけ、先を争うように包みを広げる。小さな手が麩菓子や豆板を奪い合うのを、おけいは心に冷や水を浴びる思いで眺めた。

貧しい身なりの子供らにとって、投げられた菓子は思わぬ果報かもしれない。しかし、お照の行いに優しさは感じられなかった。あれでは犬に餌を投げるのと同じである。

悄然とするおけいの前で、お初の控えめな声がした。

「あの、たしか、このあいだの見世物小屋の方ですね」

お初の目は、おけいの小さな背中に隠れ切れずにいるおゆうを見ていた。

先だって、見世物小屋で妹に突き飛ばされたお初は、左手の甲を擦りむいてしまった。薄く血が滲んだ傷口に、おゆうが自分の帯に挟んでいた手巾を巻いてやったのだ。

「そのせつは、ご親切にありがとうございました。お借りした手巾をお返ししたいのですけど、あいにく家に置いてあるので――」

あとでお礼かたがたお返しにうかがいたいと、十一歳の子供とは思えぬていねいな申し出をするお初に、おゆうはぎこちない笑顔を浮かべて言った。

「とんでもない。使い古しの手巾なんて返していただかなくて結構です。それよりお怪我のほうはいいのですか」

「はい、おかげさまでこのとおり」

つと差し出されたお初の手の甲には、薄いかさぶたとなった擦り傷がある。吸い寄せられるようにその手を取ろうとしたおゆうは、すんでのところで自分の手を引っ込めた。

そのとき、あたりをはばからないお照の声が響いた。

「ちょっと姉さん。小銭を貸して！」

お初は弾かれたように駄菓子屋の前へとんでいった。勘定をしようとしたお照が、手持ちの銭では足らないことに気づいたらしい。

「すみません、おばあさん。あとおいくらですか」

「いいから、よこしなさい」

足りない分を出そうとするお初の手から、お照が小袋をひったくった。

お初は驚いた顔をしたものの、小袋から銭をつかみ出す妹を黙って見ていた。

「ひどい、お照ちゃん……」

姉妹の近しい友人であるお千代の口から、非難のつぶやきがもれた。

おけいも辛く(つら)なって顔を背けると、目の前におゆうの横顔があった。三日月を思わせるその細面には、戸惑いと悲しみの色が滲み出ていた。

◉

空梅雨かと思われた五月の半ばから、いきなり雨の日が増えた。

軒下からしたたる雨のしずくを見上げながら、おけいがつぶやいた。

「今年は梅雨明けが遅くなりそうですね」

「月末までは降るだろうと、蝸牛斎さまが見当をつけておられましたよ」

淑江が言う蝸牛斎とは、お蔵茶屋をはさんだ隣にある骨董屋〈昧々堂〉の店主のことだ。老齢ながら多忙な日々を過ごす淑江は、たまの休みに〈くら姫〉で茶を喫するひとときを楽しみにしている。今日はたまたま来合わせた蝸牛斎と相席したらしい。

「なにしろ蝸牛（かたつむり）のお見立てですからね。信用しておくとしましょう」

ころころと小娘のように笑って、淑江は麦湯の入った湯飲みをおけいの前に置いた。

「せっかくのお気持ちです。遠慮しないでいただきなさい」

麦湯の横には志乃屋の柏餅が添えられている。〈くら姫〉でほうじ茶の折敷を注文した蝸牛斎が、おけいのために持たせてくれたものだ。

節句の柏餅を筆子に譲ったおけいの話を、淑江が語って聞かせたところ、いたく感服した蝸牛斎が、『老耄も見習うべし』と言って自分の柏餅を差し出したらしい。

おけい自身は柏餅のことなど誰にも言った覚えがない。なぜ淑江が知っていたのか首をかしげていると、微笑をたたえた顔で教えてくれた。

「お初さんです。節句の日の仕舞いがけに私のもとへきて、かくかくしかじかでおけいさんに親切にしていただきましたと、お礼を言って帰ったのです」

おけいは心の中で舌を巻いた。本当にお初はしっかりしている。機に応じてきちんと礼を述べるのは、大人でも難しいことなのだ。

「ところで、お師匠さま」

ヨモギ入りの餅でこし餡をたっぷり包み、より美味しさに磨きがかかった志乃屋の菓子をいただいたあとで、おけいはどうしても気になることを口にした。

「なぜ、お初さんとお照さんは、あんなふうにちぐはぐなのでしょう」

単に仲が悪いのではない。おとなしい姉をやんちゃな妹が困らせているというのも違う。もっと厳しい、喧嘩どころか言い返すことすらできない立場の違いのようなものを、姉妹を見ていて感じてしまうのだ。

おけいの疑問に答えるより先に、淑江は立ち上がって奥の間へ行った。しばらくして、筆子たちが書いた習字の練習帳を手にして戻ると、二冊を選り出して開いた。

「こちらはお初さんの書いたものです。ていねいで誤字もありませんし、かたちも大きさも整っていますね。あともう少し伸びやかな線が書ければ申し分ないと思います」

確かにお初の字は、大人が書いたのかと思うほどきれいだ。

「お照さんの字は、勢いはあるのですが誤りが多くていけません。何より紙の中におさめることを考えないので、いつも最後まで書ききることができないのです」

淑江の言うとおり、お照ははじめの数行をやたらと大きく書く癖があった。後半になる

ほど字を小さくしているが、結びの文章を書く前に余白が尽きてしまっている。

二人の字を見比べるおけいに、淑江がため息を交えて言った。

「字には人柄が表れるといいます。〈けむり屋〉の大旦那さまが、お初さんを総領娘としてお選びになったのも、無理のないことかもしれません」

「………」

淑江の思い沈む理由が、おけいにはわからなかった。そもそもお初は〈けむり屋〉の長女である。総領娘として店を継ぐのが当然で、そこに何の差し障りもないはずだ。

「あなたが知らないのは当然です。うちにきて日が浅いのですから」

二冊の練習帳を膝に置き、淑江は顔をうつむけた。

「ですが、馬喰町のお店の人たちや、筆子たちの大半は、口には出さずとも知っています。お初さんが、〈けむり屋〉の本当の子ではないことを」

〈けむり屋〉の大旦那と呼ばれる人は、もとは刻み煙草の担ぎ売りにすぎなかったものが、生まれ持った才覚と骨身を惜しまぬ働きぶりで、馬喰町の表通りに煙草問屋の看板を打つまでとなった大人物だった。

還暦前に店を一人息子に譲った大旦那は、囲碁や連歌の会に加わって大いに余生を楽しんだ。あとはいつお迎えがきても未練はなかったが、ひとつだけ気がかりがあった。息子夫婦になかなか子が生まれなかったのである。

早く養子を迎えるようまわりから進言されつつ、大店からもらった嫁に気兼ねして数年を経たある日のこと、外出していた大旦那が赤子を抱いて帰ってきた。

息子夫婦が仔細を訊ねても、大旦那は何も語ろうとはしない。すやすや眠っている赤子を嫁の腕に抱かせ、短く言って聞かせただけだった。

『この子の名前はお初だ。今日から〈けむり屋〉の長女として育てなさい』

大旦那の決めたことは絶対である。いずれ養子を迎える覚悟をしていた息子夫婦も、お初を自分たちの娘として受けいれた。ところが――。

それから一年も経たないうちに、息子夫婦に女の児が生まれた。すでに三十を過ぎていた夫婦は大喜びで、自分たちによく似た丸顔の赤子をお照と名づけた。

実子のお照が生まれたからといって、もらい子のお初がお払い箱にされることはなかった。世間というものをよく知っている大旦那が、二人の孫娘が分け隔てなく育てられるよう目配りをしていたからだ。

『いいかね、けっしてお初を粗末にしてはいけないよ。世間さまは素知らぬふりをしても、じつに細かいところをよく見ている。着るものも、食べるものも、二人に同じだけの金をかけてやりなさい。うちにはそれだけの余財があるのだから』

さもないと、おまえたちが情け知らずとしてうしろ指をさされるのだと諭され、息子夫婦は二人の娘の扱いに差がないよう心がけた。同じ人形を抱かせ、同じ呉服屋で晴着をあつらえ、同じ小間物を買って飾り立てたのである。

　また歳月が流れ、お初が九つ、お照が八つとなった早春のこと。前年から寝ついていた大旦那が、息子夫婦と立会人を呼び入れて遺言をした。

『もう私も長くはない。その前に、〈けむり屋〉の総領娘はお初に決めておく。お照には、よい嫁ぎ先を探してやりなさい』

　立会人の町名主と檀那寺の住職は、しかと聞いたとばかりにうなずいた。

　息子夫婦は何か言いたげだったが、町の顔役たちを前にして、父親の遺言に待ったをかけるほどの度胸はなかった。


　淑江の話が終わっても、軒下からは雨のしずくがしたたり続けていた。

　小皿に残った柏の葉を見ながら、おけいはこれまで目にしてきた姉妹の姿を、つらつらと思い起こした。

　姉の柏餅を取り上げて食べてしまう妹と、黙って柏の葉を始末した姉。

　忘れものをしても自分で取りに帰らない妹と、代わりに店まで駆け戻る姉。

　手ぶらで手習い処にやってくる妹と、二人分の荷物を抱えてうしろを歩く姉。

　お初も、お照も、表向きは姉妹として振る舞いながら、実子と貰い子という容赦のない関係が透けて見えていたのだ。

ふと、うしろ戸の婆から言いつかった言葉が、おけいの胸によみがえった。

『女師匠が消し忘れているものを、きれいに消してから帰っておいで』

婆が言いたかったのはこのことだろうか。でも、〈けむり屋〉にまつわる事情と、淑江が深くかかわっているとは思えない。

おけいは空に垂れこめる灰色の雨雲を見上げながら、いつも不満そうなお照の顔と、憂いを含んだお初の顔を思い浮かべた。

◉

五月十六日の朝も雨が降っていた。しだいに雨足が強まったことから、傘をさして手習い処に駆け込んだのは、近場に住む数名の筆子だけだった。

「おはようございます、お師匠さま。遅くなりました」

五つどきを過ぎたころ、下駄を泥だらけにしてお千代が到着した。用意されていた桶で足をすすぐと、お千代は座敷に上がって淑江に告げた。

「お初ちゃんとお照ちゃんは、今日もお休みをするそうです」

「わかりました。あなたは土砂降りの中をよくきましたね」

お店のお嬢さんは雨の日に外出などしないものだが、学問好きのお千代だけは、八町離れた馬喰町から雨に打たれて歩いてきたのだった。

奥の座敷では、朝の素読を終えた筆子たちが、文机に算盤を置いておしゃべりしている。

年少組ばかり七人しかいない顔ぶれを見て、淑江が言った。

「お静かに。せっかく雨の中をやってきたみなさんに、今から『伊勢物語』を講説しようと思うのですが、いかがですか」

きゃあ、と、筆子たちが歓喜した。

昔、男ありけり――の書き出しで知られる『伊勢物語』は、平安時代の貴公子・在原業平の半生をつづったとされる歌物語で、のちの世には教養書として広く用いられた。

大人の恋模様が書かれた『伊勢物語』を教わるのは年長組になってからだが、今日は特別に師匠の講説が聞けるとあって、年少組の子供たちは大喜びだ。

「では、奥の座敷に集まってください」

みな算盤など投げうって、われ先によい席を陣取った。前々から読んでみたいと思っていたおけいも、許しをもらって筆子たちのうしろの席についた。

「わからないところがあれば、手をあげて質問してもかまいませんよ」

淑江は冊子を開くと、ゆっくり冒頭の文を読みはじめた。

――昔、男、初冠して、奈良の京、春日の里に、しるよしして、狩りにいにけり

初冠とは元服のことで、大人の仲間入りをした若者が、奈良の旧都の野辺へ鷹狩りに出

かけたところから話がはじまるらしい。

――その里に、いとなまめいたる女はらから住みけり。この男、かいま見てけり

なまめくとは、あえて世馴(よな)れぬふうに見せる奥ゆかしさがあるということで、そんな深みのある上品な姉妹を、若き在原業平がのぞき見したのである。

「はいっ、お師匠さま」

お千代がすかさず手をあげて言った。

「のぞき見はいけないことだと思います」

自分もそう思うと肯定したあとで、淑江が教えた。

業平公の生きた時代、貴族の姫が屋敷の外に出ることはなく、人の目に触れる機会もなかった。そこで男たちは、垣間見(かいまみ)るという手段で恋のきっかけを作ったのである。

「はいっ、お師匠さま」

大伝馬町(おおてんまちょう)の鍋(なべ)売りの娘が、お千代に負けまいと手をあげる。

「うちの近所のご隠居さまは、若いころに女の人を垣間見てばかりいたので、〈今業平(いまなりひら)〉とあだ名がついたそうです」

これには淑江も笑って聞き流すしかなかった。

やはり年少組に『伊勢物語』は早すぎたのか、次々と頓狂(とんきょう)な見解を述べるので講釈は一向に進まない。それでも筆子たちは大満足で、しとしと降り続く雨の中を帰っていった。

この日は夕暮れにぴたりと雨がやんで、夜間の筆子たちがやってきた。

「お師匠さま、今晩もひとつお頼みいたします」

手習いをはじめて半月が過ぎ、筆子たちにも少しずつだが進歩がみられた。お政をはじめとする四人は、字体の異なる仮名を着々と覚えている。

ほとんど字を知らなかった紙屑買いの親父と下足番のおたねは、基本の仮名がいくつか読めるようになった。とくにおたねは、取り違えてばかりいた下足札の〈ぬ〉と〈ね〉の区別がつくと言って子供のように喜んでいる。

初日に早く到着しすぎたお玉は、今でも変わらずそそっかしい。先だっては休日の晩にやってきて、恥ずかしそうに帰っていった。

「おけいさん、これで間違っていませんか」

「はい。正しく書けていますよ、おゆうさん」

あと十日ほどしか手習いに通うことができないおゆうは、誰よりも頑張って文机に向かっている。両国では昼の興行だけだが、本拠地の浅草に戻れば夜も興行が続く。今のうちに学んだことを、いずれ娘のおつぎにも教えてやりたいと考えているのだ。

「ごめんくださいまし」

筆子がそろって半時（約一時間）も経ったころ、表の障子戸を開ける者があった。

おけいが土間に下りると、胡桃色の着物に羽織を合わせた旦那風の男が、小僧を従えて立っていた。小僧が提げた提灯には、キセルから立ちのぼる煙の絵が描かれている。

「もしかして、〈けむり屋〉の……？」

「どうも、娘たちがお世話になっております」

ぽこんと腹が突き出た〈けむり屋〉の店主は、おけいの頭越しに座敷を見渡した。

「お師匠さまと、少し話がしたいのですが」

「お初さんとお照さんのお父さまですね。どうぞお上がりください」

お玉につききりで書き方を教えていた淑江が、上がり口へきて膝をついた。

「いえいえ、手習いの最中と知ってお邪魔しましたので、ここで――」

簡単に話をすませたいと言って、〈けむり屋〉の店主が切り出した。

話とはお初のことだった。このところ毎日のように雨が続き、手習い処へ行けないことをお初がとても残念に思っていて、少しのあいだだけでいいから夜間の手習いに通って、遅れを取り戻したいと望んでいるらしい。

「お初さんがそんなことを」

「もちろん相応のお礼はさせていただきます。かわいい娘の頼みですので、この程度のことなら叶えてやりたいと思いまして」

小僧に行き帰りの供をさせるから夜道の心配はいらない、本人の気がすむまで学ばせてやってくれという店主に、淑江はこころよく承諾の意を伝えた。

「お初さんは利発なうえに心映えのよいお嬢さんですから、私としても教え甲斐があります。そうそう、せっかく小僧さんのお供をおつけになるのでしたら、お照さんも一緒にこられてはいかがですか」

手習いの機会が減って心配なのは、むしろお照のほうだ。そう思って淑江は提案したのだろうが、〈けむり屋〉の店主は慌てて首を横に振った。

「とんでもない。お照に夜歩きなどさせるわけにはまいりません」

言ってしまったあとで、店主は気まずそうな顔をした。

「と、とにかく、明日の晩から来させますので、お初を頼みましたよ」

慌ただしく帰る主従を、おけいが小橋の向こうまで送った。

提灯の明かりが夜道を遠ざかるのを見届けて戻ると、手前の座敷で手本帳を繰っていたおたねが、こちらを見てちょいちょいと指を曲げた。

「どうしました、おたねさん」

「あのタヌキ、うっかり尻尾を出していたね」

それが〈けむり屋〉店主のことだとすぐわかった。丸い顔に丸く突き出した腹は、言われてみればタヌキに似ていなくもない。

「見た目だけの話じゃない。あれは腹の中までしっかりタヌキだよ」

「おたねさん、ご存じなのですか」

染みに埋もれた小さな目をすがめて、おたねがうなずいた。

「あたしの姪っ子が、もう二十年もあすこで女中をしていてね。藪入りにはうちに寄って、いろいろ話をしていくのさ」

おけいはそっと奥の座敷に目をやった。淑江はお玉の横について、根気よく筆の持ち方を正してやっている。

「たとえばどんな……？」

ささやくおけいの声に、おたねも小さな声で返す。

「あすこの上の娘が貰い子だってことは、あんたも知っているだろう。息子夫婦に跡取りがないのを心配した大旦那が、よそから連れてきた子だって」

おけいはうなずいた。赤子のお初が貰われてきて一年経たないうちに実子のお照が生まれたことも、淑江から聞いている。

「子のない夫婦が、養子をもらった途端に赤子が生まれたっていうのは、世間じゃよくある話なんだよ。めでたいのか、めでたくないのかは別としてね」

実子が生まれると、貰い子はもとの家に返されるか、あるいは別の家へもらわれてゆく。裕福な〈けむり屋〉では、大旦那の配慮もあって、お初をそのまま長女として育てることにしたのだ。

「大旦那は徳のあるお人だったから、二人を公平に扱うことができたのさ。だけど、あたしらみたいな凡人はそうもいかない。どうしたって血を分けた我が子がかわいいんだよ。偉物すぎる大旦那には、そこのところがわからなかったんだね」

赤子のときから育ててきた娘である。いかな凡人の店主夫婦とて、お初を粗末に扱うつもりはなかったはずだ。実子のお照と一緒に大切に育て上げ、十分な支度をして嫁がせてやろうと考えていたに違いない。

ところが、大旦那が〈けむり屋〉はお初に継がせると遺言して亡くなった。

「じっさいよけいなことを言い残したものだと思うよ。貰い子に比べて実子のほうはできが今ひとつらしいから、店の行く末を案じなさったのはわかるけど……」

大旦那の遺言は馬喰町の隅々まで知れ渡っていて、今さらそれを曲げて実子のお照に跡をとらせるわけにはいかないのである。

おたねがタヌキと呼ぶ店主は、今でも二人の娘を同じように飾り立て、これ見よがしに外を歩かせている。しかし一歩家の中に入ると、どこの馬の骨とも知れない子に店を譲り、我が子を嫁に出すなんて馬鹿らしい、とぼやいているらしい。

「かわいそうなのは貰い子さ。きっと家の中に身の置き場がなくて、夜まで手習いにきたがっているんだろうよ」

憂いを含んだお初の横顔を、おけいは思い出した。

表向きはお店の総領娘でも、育ての親に『この子さえいなければ……』と思われ、妹から奉公人扱いされて暮らすのは、どんなにか居心地の悪いことだろう。

「おーい、おけいさん。口に締まりのない婆さんなんか勝手にしゃべらせておいて、俺の書いた字を見てくれよ」

醤油売りの男が、墨で汚れた手をあげて呼んでいる。

「すみません、いま行きます」

つい話し込んでしまったおけいは、急いで醤油売りのもとへ行こうとして、おたねの前の席に座っているおゆうの様子がおかしいことに気づいた。

おゆうは筆を手にしたまま呆然としていた。筆にたっぷりとふくませた墨が、ぽたぽたと半紙の上に垂れていることにも頓着せず、あてのない宙を見つめている。

「おゆうさん、どうかしましたか」

はっとしたように、おゆうが顔を伏せる。

「――いいえ、何でもありません」

その目は、半紙に散った黒い点を見つめたまま動かなかった。

◉

翌日も小雨がぱらつく空模様だったが、お初は傘をさして夜の手習い処にやってきた。

「ようこそ、お初さん」

「お師匠さま、おけいさん、今日から夜もお世話になります」

お供を従えてやってきたお初は、きちんと床に手をついて挨拶をした。

「もっと気楽になさい。ご覧のとおり、この時間は行儀をうるさく言いませんからね」

鋳掛屋の若者が居眠りをする座敷を振り返って、淑江が言った。

「あなたはもうひととおりの読み書きができます。ほかの子と比べて遅れなどありませんから、好きなように過ごすといいでしょう。書架の本を読んでもかまいませんよ」

途端に、お初が目を輝かせた。

「物語本を読ませていただいてもよろしいのでしょうか」

「いいですとも。おけいさん、あとをお願いします」

淑江はさっきから奇妙な字を書いているお玉のもとへ行ってしまった。

「こちらへどうぞ、お初さん」

おけいは奥の座敷にある書架の前へ、お初を連れていった。

棚には書道具や教本のほかに、物語本を収めた木箱がいくつか置かれている。その中から、お初は『伊勢物語』を選んで指さした。

「この一冊目をお願いします」

おけいが抜き出した冊子を受け取ると、お初はふた間続きの座敷を見まわした。まばらに座る筆子たちの中から、奥でこちらを見ているおゆうを見つけて歩み寄る。

「あの、これ、ありがとうございました」

帯のあいだから取り出したのは、小さくたたんだ手巾だった。

「こちらに通われているとお聞きしましたのでお持ちしました。それと、これを――」

お初は千代紙の折り鶴を、手巾に添えて差し出した。

「わたしが折ったものです。小虎さんに差し上げてください」

「まあ、きっと喜びます」

受け取った折り鶴を両手のひらで挟み、おゆうは拝むような仕草をした。

お初もにっこり微笑んだ。もしかしたら、おけいが手習い処にきて初めて目にするお初の笑顔だったかもしれない。

「ここに、座ってもいいですか」

「もちろん」

ほかに空いている席はいくらでもあったが、お初は『伊勢物語』の冊子を手に、おゆうと隣り合わせて座った。

おけいはいったんその場を離れ、文机に突っ伏して眠る鋳掛屋の若者に半纏(はんてん)をかけてやるなど、ほかの筆子をひと巡りしてから再びお初のもとにもどった。

お初は冊子を横に置いたまま、おゆうが語って聞かせるオデデコ一座の話にじっと耳をかたむけている。

（——そうだ、わかった）

おけいは前から気になっていた疑問のひとつが解けた。初めておゆうを見たとき、前にもどこかで会ったような気がしたのだが、それは違った。

（おゆうさんの顔は、お初さんと似ているんだ）

二人の横顔は、どちらも雨雲のはざまに見え隠れする三日月のようであった。

お初はその晩から、欠かさず夜間の手習い処を訪れるようになった。

晴れた日には朝と午後の手習いにも通うのだから、馬喰町と紺屋町を三往復することになる。へばってしまわないかと淑江は心配しているが、十一歳のお初は、へばるどころか弾むような足取りで夜の道をやってくる。

「こんばんは、おゆうさん。これ、おつぎちゃんに」

千代紙や飴玉など、お初はいつもちょっとした子供への土産をおゆうに託す。おゆうのほうも、お店のお嬢さんに差し上げるようなものではないと前置きをしつつ、娘と一緒に作ったという紙子細工の虎を渡したりしている。

親子ほど年の離れた二人は、日を追うごとに打ちとけて宵のひとときを過ごした。

慣れない手つきで筆を持つおゆうに、お初は仮名の書き順を教えたり、字の間違いがあれば正してやったりする。そして仕舞いがけの時間がくると、『伊勢物語』の冊子を開いて読み聞かせるのだ。

――昔、男ありけり。女のえ得まじかりけるを

控えめな声で語られる大昔の歌物語に、おゆうだけでなく、おけいも近くの文机に寄りかかって耳を澄ませた。

――芥川といふ河を率て行きければ、草の上に置きたりける露を

古めかしい文章をすらすらと読みくだすお初の横顔を、おゆうは目を細めて見つめる。そしてひとつの段が終わるごとに講訳を求めた。

「今お聞かせしたのは、〈芥川〉とか〈鬼ひと口〉などと呼ばれる有名な段です。わたしはこのお話が一番好きなんです」

読み終えた冊子を胸に抱きしめ、夢見るようにお初が言った。

〈芥川〉の段では、主人公の男が、何年も恋い慕っていた藤原氏の姫君を邸から盗み出す。姫を背負って逃げた男は、夜半の嵐に乗じて芥川のほとりにある古い蔵に姫を隠すのだが、夜が明けると姫がいない。ひそんでいた鬼にひと口で食べられてしまったのだ。

「本当は、姫の兄君である藤原の貴公子たちが奪い返していったらしいのですが、やっぱり姫君は鬼に食べられてしまったと、わたしは思いたいのです」

なぜそんなふうに思いたいのかとおゆうに問われ、お初は迷いなく答えた。

「だって、せっかくお邸から逃げだしたのに、家族に連れ戻されてしまってはお姫さまが気の毒です。それくらいなら」

いっそ鬼にひと口で喰われたほうがよい――と、十一歳の子供にしては険しい顔つきでお初は言った。

「わたしも、誰かにさらわれてしまいたい。芥川の姫君のように……」

嘆きにも似たつぶやきは、側(そば)にいたおゆうだけでなく、同じ座敷に居合わせたおけいの耳にまで届いたのだった。

◉

五月の下旬になってもはっきりしない天候が続いていた。雨こそ降らないものの、空には灰色の雲が垂れ込め、梅雨明けにはほど遠いように思われる。

筆子が勢ぞろいした朝の手習い処にも、重苦しい空模様を映し出したような雰囲気がただよっていた。

「みなさん、おはようございます。今朝は『古今(こきん)和歌集』のおさらいをしましょう」

前もって書架から下ろしてあった教本を、おけいが筆子たちに配る。

平安時代に編纂(へんさん)された『古今和歌集』には、百二十七人の歌人によって詠まれた千首以上の和歌が収められている。淑江の手習い処では、六歌仙(ろっかせん)の作を中心に、女の児の教養として必要と思われる歌を抜粋したものが使われていた。

「それではお梅さん、序文を読んでください」

――やまと歌は、人の心をたねとして、よろづの言の葉とぞなりける

あと数日で手習い処を去ってゆく筆子頭のお梅は、紀貫之の手になる仮名序をよどみなく読み上げた。

「たいへん結構です。続きはお初さんにお願いします」

お初は返事をしない。教本を閉じたままぼんやり下を向いている。

「お初ちゃん、指名されてるわよ」

隣の筆子にささやかれ、はっとしたように教本を開く。

――やまと歌は、人の心をたねとして……

「ちがう、ちがう。その次からだよ」

次と言われても、お初にはどこかがわからない。

(お初さんらしくない。やっぱりあのことが堪えているんだわ)

おけいは文机の前へまわり、むなしく教本の上で目をさ迷わせるお初に、読むべき箇所を教えてやった。

それは三日前の夕刻のことだった。またしても手習い処を訪れた〈けむり屋〉の店主が、

もうお初を夜間の手習いに来させるつもりはない旨を告げた。

『勝手を申しまして、はなはだ恐縮ではございますが』

理由を訊ねる淑江に、タヌキに似た店主は薄笑いを浮かべて答えた。

『あとになって知ったのですよ。お師匠さまが夜間に教えてらっしゃる筆子さんの中には、いかがわしい稼業の方がいらっしゃるそうで、とくに手前どもの娘と親しくされているのが、見世物小屋でオデデコをしている方だとか……』

『もう、結構』

淑江はタヌキに最後まで言わせなかった。

『オデデコ芝居の人たちとお初さんが机を並べることが困るとおっしゃるのなら仕方ありません。――ですが、これだけは知っておいていただきます』

古希を過ぎた淑江の声はけっして大きくはない。にもかかわらず、目の前のタヌキ店主だけでなく、縁側にいるおけいの耳にまで一言一句が重く響いた。

『夜間の手習いは、大人になるまで読み書きを習う機会のなかった人たちのためにはじめました。入門のさいに貴賤老若を問うことはしません。もちろん稼業も関係ありません。私が問うのは、学びたいという本人のこころざしだけです』

『い、いや、そう言われると……』

真っ当すぎるほど真っ当な女師匠の言葉に、店主は恐れ入って退散した。

けれども、その晩からお初が夜の手習いに来ることはなかった。

「――では、次は誰に読んでもらいましょうか」

どうにか一節を読み終えたお初は、ふうっと小さなため息をついた。

夜間の手習いに来られなくなり、お初は目に見えて元気をなくした。元からつまやかで口数の少ない子供ではあったが、夜の手習いでおゆうと親しむようになってからは、表情に明るい光が差す兆しがあっただけに、おけいは残念に思うのである。

古今集の序文の素読は、お照の順番になっていた。

「ち、ちからもち、いらずして、あまちをどうかし……」

「力をも入れずして、天地(あめつち)を動かし」

淑江がていねいに、お照の読み間違いを正す。

「め、めに、みえぬおに、おにかみを、あっぱれとおもいせ……」

「目に見えぬ鬼神をも、あわれと思わせ」

普段にも増してお照の素読があやしい。いつもなら隣にいるお初が助け船を出してくれるのだが、いまは頼みのお初が心ここにあらずのありさまなのだ。

「ふん、やっぱりね」

うしろの席で聞いていたおたけが、鼻で笑ってささやいた。

「お照ちゃんてば、誰かに助けてもらわないと読めないんだ」

「なんですって！」

気の短いお照は、キッと振り返って声を荒らげた。

「もう一度言ってごらん。この、ナメクジ長屋の竿たけ売りがっ」

お照が投げつけた教本をさっとよけて、おたけも負けまいと怒鳴る。

「何度でも言ってやる。お初ちゃんがいないと何もできないくせにっ」

「うるさい、うるさいっ」

お照は悔しそうに地団駄を踏んだ。

「お初なんかいらない。明日いなくなっても困ったりしない。だって〈けむり屋〉の総領娘はこのあたしなんだから！」

言い放つや否や、文机を踏み越えておたけに飛びかかった。

こうなっては素読も何もあったものではなかった。おたけの髷をつかんで引き倒そうとするお照を、うしろからおけいが羽交い絞めにし、お照をガンガン蹴って応戦するおたけの脚に、お伸とお千代が飛びついて押さえる。

ほかの筆子たちは、とばっちりを避けて部屋の隅へと退き、何が起こったのかわからないお春が取り残されて大泣きしている。

師匠の淑江はというと、お照とおたけの喧嘩など捨て置いて、ひとり呆然と座り続けているお初のもとへ歩みよった。

「気にしてはいけませんよ。ただの八つ当たりですからね」

だがお初は、ぼんやりと教本の横に置かれた小さな紙子の虎を見つめていた。

翌日の二十七日は、夕方から激しい雨となった。着物の裾(すそ)を泥だらけにして夜間の手習い処を訪れたのは、おゆうとお玉の二人だけだった。

「お師匠さま、たいへんお世話になりました」

お玉が引き上げたあと、座敷に残っていたおゆうが油団の上にかしこまった。

「こんな私に筆の持ち方から教えてくださって、感謝の言葉もございません。名残は尽きませんが、今夜でお暇(いとま)いたします」

「まあ、おゆうさん。本当にお別れなのですね」

膝をついた淑江に、おゆうは少し寂しそうにうなずいた。

「じつを申しますと、本日の千秋楽が雨で打ち止めとなりましたので、昼間のうちに橋本町の長屋を引き払ってしまいました」

おゆうの一座は浅草を本拠地としているが、その住まいは下谷の山崎町(やまざきちょう)にあると聞いている。今夜はわざわざ手習いのためだけに、雨の中をここまで出向いてきたのだ。

「ひと月足らずでしたが、筆子として学んだことは、私にとって得難い宝となりました。

今後も字の稽古を続けてまいります」

それを聞いて、淑江は用意していた硯箱と教本をおゆうの前に置いた。

「これは私からのはなむけです。今後は娘さんと一緒に励まれますように」

「私のようなものに、ここまで……」

おゆうは目を潤ませて、硯箱と教本を押しいただいた。

「あ、あの」

よけいなお節介とは思いながら、おけいはうしろから口を出した。

「お初さんは知っているのですか。おゆうさんがいなくなってしまうことを」

それは──と、口ごもりつつ、おゆうが下を向く。

「私も同じことが気になっていました」

淑江も身を乗り出すように言った。

「あなたと会えなくなってから、お初さんはふさぎ込んでいます。このまま何も告げずに行ってしまうのは、そっけないようにも思いますが」

「わかっています。でも……」

おゆうは言葉の続きを飲み込んだ。たとえ口には上らずとも、その苦悶(くもん)に満ちた表情が、もう二度とお初に会わないつもりでいることを物語っていた。

雨は降りやむどころか、ますます激しくなってゆく。軒をたたく雨音に混じるかすかな嗚咽を、おけいは黙って聞いているしかなかった。

しばらくして、肩を震わせるおゆうに、淑江が声をかけた。

「お顔を、上げてください」

涙にくれたその細面に、淑江はふと表情をなごませた。

「あらためて拝見すると、本当によく似ています。初めてお会いしたときから、もしかしたらと思っていました」

「お師匠さま……」

「あなたは、お初さんの本当のお母さまですね」

がっくりと、おゆうが首を垂れた。

「お察しのとおり、私があの子を産みました。でも、この手で育ててやることができなくて、〈けむり屋〉の大旦那さまに託したのです」

いったん手放した子供に、おゆうは会うつもりなどなかった。ただ我が子が元気に育っている姿を見たいという親心までは捨てきれず、折にふれて馬喰町へ足を運んでは、物陰から見守っていたらしい。

「両国で興行を打つ話が持ち上がったとき、たとえひと月でも、あの子の近くにいられるならと思って引き受けました。こちらで大人にも読み書きを教えていただけると聞いたときには、迷わず入門のお願いに上がりました」

近くに住み、同じ手習い処に通う。ただそれだけのことでも、我が子との絆を感じられて嬉しかったのだと、おゆうは心の内を明かした。

いざ近くで暮らしてみると、今まで見えなかったこと、聞こえなかったことまで見聞きするようになったが、実情を知ったところでどうしてやることもできなかった。

「私はなにも見なかった。そう思って立ち去るしかありません。〈けむり屋〉の人たちも、あの子を追い出したりしないはずですから」

オデデコ芝居の蛇が、お店のお嬢さんにしてやれることなど何もない。それがいく晩も寝ないで導きだしたおゆうの答えだった。

「では、お師匠さま、おけいさんもお達者で。ご恩はけっして忘れません」

「あ、あの、ちょっと待ってください」

戸口で傘をさそうとするおゆうを、おけいが慌てて呼び止めた。

「お住まいは下谷の山崎町とおっしゃいましたね。じつは、わたしがお世話になっている出直し神社も下谷の寺町にあります」

それは唐突な思いつきだったが、思惑を察した淑江が調子を合わせた。

「ああ、それなら、おゆうさんを家まで送って差し上げてくださいな。あなたはそのまま神社に泊まって、明日ゆっくり戻ればよいでしょう」

明日は大川の川開きが行われる。夜の花火見物を控えて気もそぞろな筆子たちのため、手習い処は臨時の休みと決めてあるのだ。

こんな夜更けに、しかも大雨の中を送ってもらうわけにはいかないと遠慮するおゆうを後目に、淑江は提灯を用意しておけいに持たせた。

「うしろ戸さまに伝えてください。おけいさんをお借りしたままで申し訳ない、このたびのことはくれぐれもよろしくお願いします、と」

「よくわかりました。さあ、おゆうさん急ぎましょう。じき木戸が閉まります」

小橋を渡りながら振り返ると、淑江がもの言いたげに目配せをしていた。

おけいは目顔でうなずき、激しい雨風の中を、おゆうと共に下谷へ向かった。

◉

横なぐりの雨から身を守るように、おけいとおゆうは傘を低くさして、人通りの絶えた寺院の裏道を歩いていた。

「そこの藪の中を抜けます。狭いので足もとに気をつけてください」

二人は神社へ通じる笹藪の小道へと、身を屈めて入っていった。

ここに至るまでの道中で、おけいは出直し神社についておゆうに話していた。祭神として貧乏神を祀っていることや、うしろ戸の婆と呼ばれる不思議な老婆が社を守っていることと、そして人生を出直したいと願う人々のため、〈たね銭〉を貸していることなども。

物心ついたときから下谷で暮らしているというおゆうでも、そんな神社が近くにあることは知らなかった。だが、絵草紙にでも出てきそうな話を聞くうちに、夜半の嵐の中を訪ねてみる気になったらしい。

「あら、雨が——」

互いの声が聞こえないほど激しく降っていた雨は、小道を抜けるわずかなあいだに絹糸のような優しい雨に変わっていた。月のない闇夜の中、枯れ木を組み合わせた鳥居の奥に、なぜか出直し神社の古い社殿だけが、白々と浮かび上がっている。

「婆さま、わたしです」

「雨の中をよくきたね。そこで足を洗ってお入り」

いつもの白い帷子姿で出迎えたうしろ戸の婆が、簀子縁に置かれた桶と手ぬぐいを指した。先触れなどしなくとも、婆はいつ誰がやってくるのかお見通しなのである。

「あんたが今夜のお客さまかい。そこに座るといいよ」

「は、はい。失礼いたします」

祭壇を背につくねんと座した婆と、おゆうが向き合うかたちでかしこまった。

おけいも手早く桶を片づけると、二人から少し下がった斜向かいに座った。たね銭を求める客がきたときの、これが定められた座り方である。

「手はじめに、あんたの名前と歳を聞こうかね」

「ゆうと申します。歳は二十七」

今日も変わらぬ手順で、婆の言問いがはじまった。

「では、おゆうさん。あんたが過ごした二十七年の人生について聞かせておくれ」

たいがいの客は、人生という聞き慣れない言葉に戸惑う。そこで婆は、生まれてから今日この神社へ至るまでの道のりを話すようおゆうをうながした。

「生まれたのは、ご府内のどこかだと思います」

「どこか、とは？」

曖昧な語り出しに、婆が白く濁った右目をすがめた。

「私は、自分の親がどこの誰なのか知りません。まだ幼いころ、浅草のはずれにある小さなお寺の鬼子母神堂の前で、置き去りにされていたそうです」

鬼子母神は子育ての神として知られている。そのせいか、安産・子授けを願う者ばかりでなく、お堂の前に子供を捨ててゆく者もあとを絶たないのだ。

「行き場のない私を引き取ってくれたのが、浅草でオデコを取り入れた小芝居をしている一座の太夫でした。私は太夫の養女として、下谷の乞胸長屋で育ったのです」

おゆうは子役のうちから舞台に立ち、次の太夫となるべくオデコの使い方も覚えた。

そして子役から娘役に転じるころ、同じ一座の役者とわりない仲になった。

「気持ちのやさしい、とてもいい人だったんです。夫婦約束までしたのですが、ささいなことで酔った町の衆と喧嘩をして、殴り殺されてしまいました。それなのに、死んだのが乞胸だからと言って、お役人はろくに調べてもくれませんでした」

酒の席での不始末として簡単に片づけられた当時を思い出したのか、おゆうは悔しそうに唇をかんだ。

「でも、私には悲しんでいる余裕すらありませんでした。お腹の中にあの人の子供がいて、初七日の晩に女の児が生まれたからです」

おゆうは途方にくれた。養母の太夫もすでに他界しており、まだ十六歳の小娘が一人で子供を育てるなど考えもつかない。悩んだ末、かつて自分が置き去りにされていたという寺の鬼子母神堂の前に、赤子を捨てようと決めた。

「暗くなるのを待ってお堂の前にあの子を置き、急いでその場から逃げようとしました。そしたら前からきた参拝客とぶつかって……」

参拝客の男は、お堂の前に置かれた赤子と、ぶつかってきた娘の尋常ではない様子から、いま何が行われようとしていたのかを察した。

「その人は、子供のいない息子夫婦のため、月一度の鬼子母神参りをしているのだと言いました。ちょうどその日で満願だったことも」

これは鬼子母神のお引き合わせだと男は言った。赤子は神さまからの授かりものとして自分が連れて行く、うちの跡取りとして大事に育てる、けっして粗末にはしない、などと矢継ぎ早に持ちかけられ、おゆうはただ首を縦に動かすしかなかった。

「別れぎわ、その人はお腰の胴乱から取り出したものを私に握らせました。それから寺の外で待たせていた小僧さんを呼んで提灯を持たせ、自分は赤子を抱き上げて、夜道を帰って行きました」

提灯の明かりが遠ざかり、闇の中に見えなくなってから、おゆうはかたく握りしめていた手のひらを恐る恐る開いてみた。

下弦の月に照らされて鈍く光るのは、一枚の五匁銀だった。おゆうは我が子を銀五匁で売ってしまったことに、そのときようやく気づいたのだった。

「それからあんたは、自分の子を連れて行ったのが誰だったか調べたんだね」

ここまでの話を聞いたうしろ戸の婆は、じっとおゆうを見て訊ねた。

「はい、すぐに〈けむり屋〉の大旦那さまだったとわかりました。小僧さんが提げていた提灯に、キセルと煙の絵が描いてありましたから」

子供を売ったことにうしろめたさを感じていたおゆうだったが、自分の赤子が、しかも父無し子として生まれた子が、立派なお店のお嬢さんとして生きる幸運にあずかったことを知り、これでよかったと思うことにした。

その後、おゆうは死んだ許嫁の弟にあたる男と夫婦になった。若くて才気のある亭主は、自分たちの一座を新しく立ち上げ、やがて娘のおつぎも生まれた。

芝居で銭を稼ぐというのは、けっして楽なことではない。それでも、お初と名づけられたもう一人の娘が〈けむり屋〉の長女として育ち、ゆくゆくはお店を継ぐかもしれないという僥倖が、おゆうの疲れた心をなぐさめてくれた。

「でも、あの子に会って、私が勝手に思い描いていたほど幸せではないと知りました。大旦那さまが亡くなったことは聞いていましたが、それで状況が変わろうとは……」

大旦那の遺言をめぐる〈けむり屋〉の事情については、手習い処で見聞きしてきたことを、おけいの口から婆に話して聞かせた。

婆は梅干しでも含んだかのように、皺だらけの口もとをすぼめて聞いていたが、やがて肝心なことをおゆうに訊ねた。

「それで、あんたは何をお望みかね」

「私の望み……ですか」

思いがけない問いかけに、おゆうは怯んだ。

「嵐の中をここまできたからには、神さまに願いたいことがあるのだろう。あんた自身が言揚げしないことには、祝詞を読んでやることができないよ」

そう言われても、おゆうはなかなか願いを口にしなかった。三日月のような顔がしだいにうつむくのを見て、おけいが思ったことを言ってみた。

「本当は、お初さんを返してもらいたいのではないのですか。母と娘としてやり直したいのでは？」

「確かにそう考えたこともあります。でも、もう」

二度とお初に会わないほうがいいのだと、おゆうは言った。

今の亭主は自分の姪にあたるお初を引き取りたいと望んでくれている。娘のおつぎもお姉ちゃんと一緒に暮らしたがっている。ただ、お初の将来を考えたとき、おゆうにはどうしても思い切ることができないのだった。

「たとえ肩身の狭い思いはしても、あすこにいればお嬢さんです。きれいな格好で、美味しいものを食べて、いずれよい嫁ぎ先を探してもらえます。〈けむり屋〉を継ぐことだってできるかもしれないんです。それに比べて……」

自分たちは乞胸である。浮草稼業の心細さに加え、世間さまから見下され、ときには命さえも軽んじられる。そんな暮らしにお初を引き込むことはしたくない――。

心を固めようとするおゆうに、うしろ戸の婆が乾いた声で言った。

「それで、また子供を捨てるのかね」

はっ、と、おゆうが顔を上げた。

「子供というのは存外に察しがいい。ひと目見たときから、あんたのことを他人とは思えなかったはずだ。もしかしたらと望みをかけて、あんたに近づいてきたはずだ」

「望みを、かけて……」

おゆうは思いがけない言葉に唖然とした。

「あんたが言う金と身分が約束された暮らしも結構なものだろう。でもね、自分はここに居てよいのだと心から思える場所のほうが、子供には大切なのだよ」

あと何年、子供を針のむしろに座らせておくつもりなのかと婆に問われ、おゆうは雷に打たれたかのようにのけぞった。


ドーン、ガラガラガラガラ……


おけいは頭を抱えた。本当に雷鳴がとどろいたのだ。よほど近くに落ちたのか、稲光と同時に鳴り渡った天地を切り裂く音で、古い神社の社殿がびりびり震えた。

雷鳴は一度きりだった。恐る恐るおけいが顔を上げたときには、うしろ戸の婆が祭壇に琵琶を置いているところだった。

「そろそろはじめよう。心は決まったかね」

まだ放心しているおゆうを後押しするつもりで、おけいは言った。

「先だって、『伊勢物語』を読んでいたお初さんがつぶやいていましたね。自分も芥川の姫君のようにさらわれてしまいたいって」

それを聞いて、ようやく目が覚めたかのように、おゆうが言揚げした。

「どうか、どうか、あの子の望みを叶えてやれますように――」

婆はうなずき、祭壇に祀られた質素な貧乏神の前で祝詞をあげて、古びた琵琶からたね銭を振り出した。

琵琶の穴からこぼれ落ちたのは、一枚の五匁銀だった。

◉

昨夜の嵐と打って変わり、月末の二十八日は晴天となった。

今日は大川の川開きである。夜に打ち上げられる花火を見物しようとする人々が、まだ夕方の明るいうちから両国橋を目指して歩いていた。

(手はずはうまく整ったのかしら……)

人の流れに加わって歩きながら、おけいはひとりごちた。

気になっているのは、これからの段取りのことだ。昨晩遅く、おゆうを山崎町の長屋まで送りとどけたおけいは、出直し神社を出る前から思い定めていたことを、おゆうとその亭主に打ち明けていた。

大胆すぎるおけいの秘策に最初は驚いた二人だったが、そのうち亭主のほうが乗り気になった。一座を率いる亭主は頼りになる男で、細かい筋書きや、手助けを頼みたい人たちとの折衝などを、すべて引き受けてくれた。

「お母ちゃん、花火はまだ上がらないの」

「もう少し暗くなってからだよ。けど広小路は人が多すぎて危なそうだね」

横を歩いていた母子連れが、先の混雑を避けて横道へ外れた。おけいはそのまま人波に乗って東へ流れていった。

両国広小路は、前にきたときとは比べものにならない人の群れであふれていた。きっと大川には、屋形船や猪牙船などかたちも大きさも異なる船が繰り出し、この夏一番の夕涼みを楽しむ旦那衆を乗せて、川面を埋め尽くしていることだろう。

おけいは川岸に沿って広小路を離れ、薬研堀の近くまでやってきた。このあたりには素性のよい茶屋が並んでいる。その中から〈偃月〉と書かれた掛け行灯の店を探し出すと、すぐ横に生えている柳の木陰に身を隠した。

日が沈みかけたころ、二階の障子窓が開いて夫婦らしき男女が顔をだした。

「花火日和になって、本当によかったですねぇ」

「昨夜、大きな雷が鳴っただろう。あれが梅雨明けのしるしだったのだよ」

したり顔で言うのは〈けむり屋〉の店主だった。おそらく女はその奥方だろう。

「お父つぁん。あたし、窓ぎわに座布団を積んで座りたい」

二人のあいだから娘のお照も顔をだした。家族そろって花火見物にきているのだ。

（お初さんはどうしたのかしら。まさか家で留守番なんてことは……）

それではすべて水の泡である。おけいが手に汗を握っていると、またお照の声がした。

「ちょっとお初、あんたの座布団もよこしなさいよ」

聞き苦しい言葉だが、これでお初も同席していることがわかった。

今夜、薬研堀の偃月に〈けむり屋〉の家族がやって来ることを、おけいは前々から知っていた。お照が手習い処の朋輩たちに自慢するのを、幾度となく耳にしていたからだ。

（今ごろ、お師匠さまは気を揉んでいるだろう……）

朝がた出直し神社から戻ったおけいが、川開きの花火を見に行かせてほしいと申し出たとき、淑江は自分も同行することを望んだ。しかし、おけいはきっぱりと断った。これから目の前で繰り広げられる行いは、真っ当な手段とは言いがたい。そこに手習い処の師匠を巻き込むわけにはいかなかった。

暮れなずんでいた空に、ようやく夜のとばりがおりた。

おけいのいる薬研堀のあたりは、川岸の混雑を逃れてきた人々が大勢詰めかけ、さっきより賑やかになった。みな連れと大声で話をしながら、星がまたたきはじめた空に最初の花火が打ち上がるのを待っている。そこへ見物人とは別の一団が近づきつつあることを、おけいだけは知っていた。

「お父つぁん、下の連中がやかましい。追っ払ってきてよ」

二階でお照の声がする。馬鹿野郎、おまえらだけの花火じゃねぇぞ、と、下から怒鳴り返す者もいて、ちょっとした言い争いになりそうだ。

「ちくしょう、あの小面憎いアマっ子を引きずり下ろして――」

「おっ、待て、ありゃ何だ」

何かはじまりそうな気配に、見物客が次々と堀の奥へ目をむけた。

闇の中から現れたのは、そろいの白い着物に股引姿の男たちだった。団扇を手にした男たちは、堀の手前まで来ると声を合わせて唄い出した。

〽吉田なァ、通れば二階からまねく、しかも鹿の子のォ、ヤレ振袖でェ
続いてやってきた大きな赤い傘が、願人たちの唄に合わせて揺れている。花火を待ちくたびれていた人々も、つられて手足を動かした。

〽ソーレ、おっちょこちょいのちょい、ヤーレ、おっちょこちょいのちょーい
お祭り気分で盛り上がる人々の手で運ばれるかのように、縁飾りのついた赤い大傘が、おけいのいるほうへと近づいてくる。

大傘が茶屋の前まできたとき、まわりで踊っていた白い着物の願人たちが、お札をまきはじめた。人々の頭上を舞う札には、きれいな色刷りの花火が描かれている。

「さあて今宵お配りしますのは、夏の疫病退散を祈願したお札でございまーす」

芝居の口上にも似た声が上がるより早く、茶屋の二階で身を乗り出していたお照の姿が窓際から消えた。

おけいも急いでその場を離れ、茶屋の出入り口へと移動した。混み合う人々のあいだをすり抜けて障子戸の側にたどり着いたのと、お照が戸を開けて飛び出してきたのはほとんど同時だった。

道に散らばるお札を拾い集めようとするお照にかまうことなく、おけいは少し遅れて出てきたもう一人の娘の肩を叩いた。

「おけいさん……？」

しっ、と唇に人差し指を立ててお初を黙らせると、おけいはその指の向きを変え、すぐ目の前にある〈住吉おどり〉の大傘を示した。

「あれは――」

傘の下に立っている願人姿のほっそりとした人影を見て、お初が吸い寄せられるように近づいていった、まさにそのとき。

どぉん、と腹の底に響く音がして、一発目の花火が打ち上がった。

人々が一斉に空を見上げ、大川の両岸から大歓声が起こる。

「わあ、きれいだねえ」

「待ってましたっ、鍵屋ぁ！」

夜空に光の尾を引いて花火が消えても、みな名残惜しく空を見上げていた。

二発目が打ち上がるまで少し暇がかかる。人々が地上に目を戻したときには、今まで唄い踊っていたはずの〈住吉おどり〉の願人たちがいなくなっていた。あざやかな手妻であったかのように、きれいさっぱり姿を消したのである。

●

「まだ、お初さんは見つからないそうです……」

〈けむり屋〉から出てきた淑江がつぶやくように言った。手習い処で預かっていた習字の練習帳を届けにきたのだ。

キセルと煙が描かれた看板の横で待っていたおけいは、黙ってうなずいた。

川開きの夜、花火見物の席からお初が消えた。外でお札を拾っているお照を呼び戻すよう言いつけられ、出ていったきり帰らなかったのである。

お初がいなくなった当初は、〈住吉おどり〉の願人たちがさらったのだと噂が流れたが、役人が橋本町の長屋を調べても、ネコの子一匹でてこなかった。

〈けむり屋〉の店主は、きっと別の願人が娘を連れて行ったに違いないと言いながらも、町奉行所へ捜索を願い出なかった。お初が消えた翌朝、店に五匁銀が一枚投げ込まれたことなど歯牙にもかけていないようだ。

「もう誰もお初さんと会うことはない。――そうなのですね、おけいさん」

「はい。〈けむり屋〉の総領娘のお初さんには、二度と会えません」

その答えに、淑江が土蔵造りの立派なお店を見上げて微笑んだ。

つられて顔を上げたおけいは、屋根のてっぺんに一羽の黒い鳥がとまっているのを見て、思わず声を上げそうになった。

（閑九郎があんなところに……）

貧乏神の使いの閑古鳥は、常人には聞こえない声で『あっぽー』と鳴いた。

よほど〈けむり屋〉が気に入ったのか、淑江のうしろに続いておけいが歩み去っても、まだ声高く鳴き続けていた。

第三話

不器用すぎるツチノコへ——たね銭貸し銭百文也

紺屋町の裏通りは夏の暑さに灼かれていた。日差しが頭上の蝶々髷に照りつけるだけでなく、高歯の下駄をはいた足もとからも熱がじりじり這い上がってくる。

手習いを終えた筆子たちを見送ってしまうと、おけいは澱んだ水路にかかる小橋を渡り、座敷に戻って掃除をはじめた。

おけいが手習い処にやってきて、とうに一か月が過ぎていた。女中のおよしに代わって、家の雑用や筆子の世話を手伝っているのである。

郷里の大森村にいるおよしからは、先日、新たな消息が届いていた。危篤だった老父が他界し、すぐにも帰参するつもりでいたところ、今度は兄が腰を痛めて動けなくなった。あとしばらく実家に留まらせてほしい、と。

便書を見たおけいは、引き続き手習い処に残ることを快諾した。

「すっかり甘えてしまって、あなたにも、うしろ戸さまにも申し訳ないことです」

淑江は恐縮しきりだが、おけいにもやんごとない事情があった。出直し神社を出てくる際、うしろ戸の婆からもうひとつの役目を言いつかっているのだ。

『女師匠が消し忘れているものを、きれいに消してから帰っておいで』

日々の忙しさに追われ、いまだその役目を果たせていないばかりか、解決の糸口さえつかめていない。

今、閉めた障子の向こうから、ひそやかな話し声が聞こえている。筆子たちと入れ替わるように訪ねてきた老人が、縁側で淑江と向かい合っているのだ。

老人の黒い紋付羽織と袴姿から、あれはどこかの町名主にちがいないと、おけいは察しをつけていた。

「無理を言ってすまないね。面倒を起こすようなら、すぐ儂に知らせておくれ」

座敷の拭き掃除が終わるころ、老人が障子を開けて出てきた。

小橋の手前で老人を見送った淑江は、来客用の茶碗を片づけているおけいに声をかけ、自分は再び縁側に座した。

「ご用でしょうか、お師匠さま」

「少し、面倒なことになりました」

面倒という割に、淑江の顔は微笑んでいる。

「今お帰りになったのは、大伝馬町の町名主をつとめておられる益田屋七右衛門さまです。私の実家のお客さまとして、代々お付き合いがある方なのですよ」

淑江の実家の肥後屋が、元飯田町で拵屋をしていることは前にも聞いた。

古い家柄の名主であれば、町人といえども帯刀を許されている。大伝馬町と鉄砲町にいくつもの町屋敷を所有する七右衛門は、さるお大名から拝領したという家宝の刀を、肥後屋で手入れさせているらしい。

それほど立派な名主さまが、どんな面倒を淑江に押しつけたというのだろう。

「子供を一人、うちで面倒をみてほしいとおっしゃるのです」

「新しい筆子さんのご紹介、ですか」

おけいは首をかしげた。

淑江の手習い処では、先月末で筆子頭のお梅が去っただけでなく、〈けむり屋〉のお初が行方知れずになったことで、妹のお照まで家から近い手習い処へ移されてしまった。

以前なら気ままに寄り道して、駄菓子の買い食いができたお照だが、今はお目つけ役の女中に見張られ、窮屈な思いをしているらしい。

ともあれ三人分の空きがあるのだから、筆子の橋渡しはありがたいはずだが……。

「それがね、おけいさん」

淑江が苦笑まじりに言った。

「七右衛門さまに入門を頼まれたのは、男の児さんなのですよ」

◎

「今朝は『源氏物語』の素読からはじめましょう。お園さん、第一帖を読んでください」

「はい」

今月から筆子頭に昇格した十三歳のお園が、淑江の名指しをうけて教本を開く。

――いづれの御時にか、女御、更衣あまたさぶらひたまひける中に

肩に力が入った声を聞きながら、おけいはうしろから座敷を見渡した。

手習い処の眺めは以前と変わらないようで、そのじつ大きく変わっている。女の児たちの装いが、日に日に派手さを増しているのだ。

素読をしているお園は、浅葱に白くオモダカを染め抜いた夏らしい着物を新調し、その右隣のおいとは、今日から真っ赤な金魚が刺繍された帯をしめている。

「結構です。続きをお芙美さん、お願いします」

本所の大きな下り酒屋の娘であるお芙美は、日本橋室町のお紺と競い合って、平素から身ごしらえが豪華だ。これ以上は着飾りようがないと思っていたら、今朝は二人とも新しいビラビラかんざしを桃割れの髪にさしてきた。

長屋住まいの女の児たちも負けてはいない。稚児髷に手絡と呼ばれる縮緬の飾り布を巻

き、それすら買ってもらえない子は、千代紙をねじって巻いている。

なぜ筆子たちがこぞってお洒落に熱を入れはじめたのか、その理由は明らかだった。

「では次を、光太郎さんに読んでもらいましょうか」

はいっ、と、爽やかな返事があがり、筆子たちの目がいっせいに、一番前の文机に座っている男の児へと向けられた。

――朝夕の宮仕へにつけても、人の心をのみ動かし、恨みを負ふつもりにやありけむ

女の児の熱い視線を浴びながら、男の児はとくに気負いもなく、むしろ晴れがましい様子ですらすら教本を読み上げる。衆目を集めるのは当然だと思っているらしい。

おけいは呆れながら、その華奢なうしろ姿を眺めた。

『はじめまして。手前が平野屋角兵衛のせがれ、光太郎でございます。このたびは無理を申しまして面目次第もございません。今日からよろしくお願いいたします』

番頭に連れられてやってきた光太郎は、まだ九つとは思えない、こましゃくれた挨拶をしておけいの度肝を抜いた。

何よりおけいが驚いたのは、光太郎の容姿だった。色白のうりざね顔に、弓を張ったような眉と切れ長の目、鼻筋もすっきりとした、じつに美しい顔立ちなのである。

（男の児でも、こんなきれいに生まれつく子がいるんだ……）

うっかり見とれてしまったおけいの横で、淑江が問い質した。

『光太郎さん。あなたはどうして三河町の先生のもとを去ってまで、うちにきたいと思ったのですか。その理由を聞かせてください』

まったく感心できないその動機は、すでに町名主の七右衛門から聞かされていたのだが、淑江は改めて本人に確かめたいと思ったようだ。

『とりたてて理由はございません。しいて申し上げるとすれば――』

『こ、光太郎さま……！』

額に脂汗をにじませる番頭をよそに、光太郎が澄まして答えた。

『前の先生のところには女の児が一人もおりません。むさくるしい男ばかりの毎日に嫌気がさしておりましたところ、紺屋町に可愛らしいお嬢さんたちが通う手習い処があるからどうだと、祖父に教えられましたもので』

しゃあしゃあと言ってのける光太郎を、淑江は真面目な顔で見下ろした。

『確かに、うちには可愛らしいお嬢さんがたが大勢います。ですが浮ついた気持ちで通われるのは困りますよ。ここが学びの場であることをお忘れなく』

『肝に銘じます』

にっこり笑って約束した光太郎に、淑江は自分の目が届きやすい一列目の真ん中の席を割り当てたのだった。

午後の手習いが終わると、おけいは土間に下りて筆子たちを送り出す。なぜかその隣に光太郎も並んで、一人ひとりの女の児に声をかけていた。

「お疲れさまです。お園さんの涼やかなお召しものを見て、私も涼しく過ごせました」

「あなたもお疲れさま、光太郎さん。また明日」

最年長となったお園は、まんざらでもない様子で帰っていった。

「お芙美さんとお紺さんのかんざしは、どちらも見事な銀細工ですね。どこでお買い求めになったか、うかがってもよろしいですか。姉に教えてやりたいのです」

光太郎が褒めそやすのは、お店のお嬢さんだけではない。

「その髷に結わえた手絡は千代紙ですね。お伸さんは黄色、おたけさんは桃色が、それぞれのお顔によく映っていますよ」

褒められた二人は、きゃっきゃと浮かれ騒ぎながら長屋へ帰っていった。

どの子も光太郎にひと声かけてもらうのを待っている。泣き虫のお春が片頬のえくぼを褒められ、満面の笑みで去ってゆくと、ようやく土間に女の児の姿はなくなった。

「あれれ、おかしいな」

ひと仕事やり終えたはずの光太郎が、座敷をのぞいて首をひねっている。

「お見送りしたのは二十人。あと一人足りません」

「数えていたのですか」

その熱心さに、おけいは呆れるよりも感心した。

「まだ十石屋のお千代さんに、お声かけをしていないと思うのですが……」

光太郎は入門から二日で筆子たちの顔と名前を憶えてしまった。見目麗しく生まれついたこの男の児は、まわりの女の児たちに分け隔てなく声をかけて喜ばせることが、自分の務めと心得ているらしい。

「きっとお千代さんは、真っ先に帰られたのでしょう」

「えー、そうなのかなぁ」

疑わしげな光太郎の視線が、今度は目の前にいるおけいの髪をとらえた。

「ところで、その御髪は蝶々髷ですよね」

本来、蝶々髷は童女が結うものである。だが背が低くて頭でっかちなおけいに娘らしい島田や銀杏返しは似合わず、蝶々が羽を広げたような二つ輪に結っている。

「よくお似合いです。巫女さんのお衣装に似つかわしいだけでなく、大人ぶらないおけいさんの人柄にぴったりだと思いますよ。——では、これで失礼します」

光太郎は折り目正しく一礼して帰っていった。

（なんてませた子供だろう）

返す言葉も見つからないおけいの耳に、どこからか小さな声が聞こえてきた。

「おけいさん、おけいさん。あの子、もういませんか」

「お千代さん――？」

　手習い処の土間には、表側の障子戸のほかに中庭へ通じる板戸もある。その板戸の隙間から、お千代が顔を半分だけのぞかせていた。

　もう光太郎が帰ったと聞くと、お千代はやれやれといった様子で土間に入った。

「どうしてまた、庭に隠れたりしたのですか」

「だって、わざとらしいお世辞なんか聞きたくないのですもの」

　お千代は珍しく不機嫌だった。

「あの子、初めてここにきた日、わたしの顔を見るなり言ったのですよ。切れ上がった目がりりしいですね、って。大きなお世話さまだわ」

　十二分に気をつかった褒め言葉のように思われるが、お千代には迷惑だったようだ。

「人の顔や身なりのことなんか、そっとしといてくれればいいのに……」

　伏し目がちになると、元から細いお千代の目はひと筋の糸のようだった。目尻は鋭く切れ上がり、頬骨も高くとび出ているので、お世辞にも器量よしとは言いがたい。

　しかも搗き米屋のお嬢さんながら、お千代の格子柄の着物はとことん着古して垢じみていた。普段から母親のお条が始末に徹しているうえ、ふた月前には店の金をごっそり盗まれたのだから、新しい着物のおねだりなどできないのだろう。

「――もう、帰ります」

急に消沈したお千代は、風呂敷包みを胸に抱えてとぼとぼと帰っていった。

◉

夜の六つ半になり、大人の筆子たち六名がやってきた。

みな熱心に通い続ける中で、著しい進歩をみせているのがお政である。〈くら姫〉で客の案内をしているお政は、月ごとに替わる品書きの仮名が読めるようになったことで自信をつけ、次は漢字も覚えたいと考えているらしい。

同じく〈くら姫〉で下足番をしているおたねは、ようやく基本の仮名を半分ほど覚えた。同年配の紙屑買いの親父と競いあい、ときに励ましあって文机に向かっている。

醤油売りの男は、読み書きのほかに商いの帳面も教わり、居眠りばかりしている鋳掛屋の若者は、今夜もまた船を漕ぎはじめている。

そして、淑江に最も手をかけさせているのがお玉だった。

お玉は二十八。夜間の筆子の中では若いほうだが、あまりもの覚えがよろしくない。しかも手先が恐ろしく不器用で、筆の持ち方も身につかないところへもってきて、鏡に映したような左右逆の文字を書いてしまう。

「また右と左が反対になっていますよ。もっとよく手本を見てお書きなさい」

そんなお玉を見限ることなく、淑江は根気強く横について教えている。

おけいは筆子たちの世話をしつつ、自分も文机の前に座っていた。漢字の読み書きに自信がないなら、この機会に少しでも学んでいきなさいと淑江が言ってくれたので、厚意に甘えて手のすいたときは筆を持つようにしているのだ。

「ちょいと、おけいさん」

今夜も教本を書き写していると、前列に座っているおたねに呼ばれた。隣の席に移るや否や、おたねはぐっと顔を寄せ、おけいの耳もとでささやいた。

「子供たちの手習いに、平野屋の息子が加わったそうじゃないか。どんな様子だい」

「どんな様子って……」

どうやら仮名の書き方を教わりたいのではなさそうだ。

「あれは大伝馬町じゃあ名の知れた子供だよ。あたしの知り合いがあの界隈(かいわい)で暮らしているものだから、たまに会って話を聞くのさ」

三度の飯より噂話(うわさばなし)が好きなおたねは、暇さえあれば江戸の各所に友人知人を訪ね歩き、新しい話のタネを仕入れているのである。

「平野屋の光太郎さんでしたら、ずいぶん愛想のよいお子さんですよ。誰にでも気さくに声をかけて――」

「愛想なんて言ってるくらいなら、まだ本性を出していないんだね。まあ見ていてごらん、そのうち片っ端から女の児たちを口説きはじめるから」

九歳の子供に『口説く』という言葉がふさわしいかはともかく、光太郎が手習い処を替えた理由を問われたとき、可愛らしい女の児が大勢いるからと答えたのは本当だ。

「そうだろうとも。なにしろ赤子のころから女とみれば笑いかけて、まわらない舌でお愛想を言おうとするものだから、〈今光源氏〉なんてあだ名がついたくらいさ」

「今光源氏……」

おけいは公家さんのような光太郎のうりざね顔を思い浮かべて納得した。

つい先日まで光源氏は遊女の源氏名のことだと思っていたおけいだが、淑江が筆子たちに講釈する『源氏物語』を聞くうち、主人公の光君が古い時代の貴公子であることや、何人もの女を妻にした色好みで、大そうな美男子であることを学んでいた。

「あたしがにらんだところでは、あれは女好きの血筋だね」

平野屋は大坂木綿を商う太物問屋である。今の店主の角兵衛は、名に恥じるところのない四角四面のお堅い男だが、その父親の甚兵衛が極めつけの女たらしなのだという。

「若いころの甚兵衛さんってのは、そりゃもう水もしたたるいい男で、〈今業平〉なんて、もてはやされていたものさ。歳をくってからは腎張りの甚兵衛とか呼ばれるようになったけど、あの光太郎って子は甚兵衛さんの孫にあたるわけだから」

祖父が在原業平で、孫は光源氏。どちらもみやびな物語の主人公に喩えられるほど美しく、しかも女好きということだ。

「甚兵衛さんは今も変わらないよ。おかみさんを店に残して、自分は隠居所で若い女と暮らしながら、他所でも遊んでいるようだから、死ぬまで治らない病のようなもんだ」

「あんたの金棒引きも死ぬまで治らねぇようだな」

うしろの席から、紙屑買いの親父の声がした。

「いい加減に口を閉じねぇと、さっきからお師匠さまが怖い顔をしていなさるぞ」

ハッと前を見ると、淑江がいつになく厳しい目をこちらに向けていた。

おたねは子供に見つかった亀のように首を縮めた。

夜の五つを過ぎ、ようやく筆子たちが落ち着いて文机に向かっていた。

おけいは行灯の明かりに飛んできたカナブンを捕まえ、中庭へ放してやった。そこへ、裏のほうから誰かが歩いてきたかと思うと、おけいの前で仁王立ちした。

「おいこら、かかぁはどこだ！」

いきなり怒鳴ったのは、四十がらみの男だった。職人風の髷にくたびれた膝切り姿で、酒臭い息を吐いている。

（この人、かなり酔っているわ）

困惑しているおけいのうしろから、お政の上ずった声が聞こえた。

「お、おまえさん、なんでここへ……」

「そんなところにいやがったのか」

お政の亭主らしき男は、汚れた藁草履のまま座敷に上がり込み、有無を言わさず女房の腕をつかんで外へ引きずり出そうとした。

「お待ちなさい、乱暴はいけません」

「引っ込んでやがれ、てめぇのせいでうちのやつが——！」

淑江にまで手を伸ばそうとするのを見て、慌てておたねが止めに入った。

「お師匠さまに手を出すんじゃないよ。飲めない酒なんか飲んで、どうしたってんだい」

「うるせぇ、婆ぁの出る幕じゃねえ」

お政の亭主は、酔いと怒りにまかせて足もとの文机を蹴り飛ばした。

書道具が飛び散り、硯にたっぷり入っていた墨が、あっけにとられるお玉の顔と着物を汚したが、それでもおさまらない亭主は、足もとに落ちていた教本をつかみ上げた。

「ちくしょう、なにが大人の手習いだ！」

「やめてくださいっ」

教本を引き裂こうとする亭主の腕に、おけいが必死で縋りついた。

夜間の手習い処で使われている教本は、淑江が大人の筆子たちのために何日もかけて書き綴ったものなのだ。

「邪魔するな、ガキはすっこんでろ！」

腕を振り払われたはずみで、小さな身体が教本と一緒に宙を飛んだ。声を上げる間もなく油団に転がったおけいの額が文机の角にあたり、ゴツン、と鈍い音をたてた。

「きゃあ、おけいさん！」

次第に遠くなってゆく景色の中で、誰かの悲鳴を聞いた気がしたが、おけいはそのまま目の前が真っ暗になってしまった。

◉

「本当に、もう起きていいのですか」

「平気です。見た目ほどには痛くありませんから」

心配そうなお千代に、おけいは大きな口で笑ってみせた。右目のまわりに広がった青黒い痣が、傍目には痛々しく見えてしまうらしい。

「ぶつけたのはおでこだけなのに、大げさな痣でしょう」

お政の亭主が起こした昨夜の騒ぎで、おけいは一時だけ気を失った。今朝はいつもどおりで大丈夫と言ったのだが、大事をとって午前中だけでも二階で休んでいるよう淑江に言い渡されていたのだった。

朝の手習いが終わるころに下りてみると、おけいが酔った悪漢に殴られて頭を割られたなどと、尾ひれのついた噂が子供たちのあいだに広まっていた。

「殴られたのではありません。もののはずみで転んだだけですよ」

おけいはまわりの筆子たちにも聞こえるように言った。

「さあ、早く帰ってお昼を食べてきてください。また午後にお会いしましょう」

はぁい、と、素直に表戸へ向かう顔ぶれのなかに光太郎の姿がない。いつもなら真っ先に土間へ下りて、女の児たちを送り出してから帰ってゆくのだが、今朝は手習いに顔を出さなかったようだ。もうひとり、いつも帰り支度にもたつくお春もいない。

（どうしたんだろう。寝冷えでもしたのかしら）

昨日は元気いっぱいだった二人の様子を思い出しながら、おけいが戸を閉めようとしていると、半纏を着た男が足早に小橋を渡ってきた。以前、光太郎につき添って挨拶にきた平野屋の番頭である。

「遅くなりまして申し訳ございません。お師匠さまにお知らせを」

「どうしました。光太郎さんに何かありましたか」

気づかわしそうな淑江に、光太郎の祖父・甚兵衛が急逝したことを番頭が告げた。

「昨日の朝、おひとりで外出先から隠居所へ戻る途中にみまかられたのです。すぐには身元がわからず、今朝になってようやく店に知らせが届きました次第です」

「そうですか。甚兵衛さんが……」

いま平野屋は上を下への大騒ぎらしく、淑江はごく短い悔やみの言葉を述べた。

番頭があわただしく帰ってゆくと、急に家の中が静かになった。

淑江は開け放した縁側へ出て、誰もいない中庭に向かって座した。

おけいが台所で昼の弁当を受け取り、麦湯を注いだ茶碗を添えて横に置いても、まだ淑江の目は庭へ向けられたままだった。

庭の隅では、木槿が真っ白な花を咲かせている。

淑江の後家風に結われた白髪と、背筋の伸びた佇まいを白い木槿の花と重ね合わせて、おけいも無言で夏の庭を眺めた。

「お祖父さまが亡くなられたのなら、当分はお休みでしょうね」

ややあって、淑江がつぶやいた。どうやら光太郎の話をしているらしい。

「そうですね、初七日が終わるまでは――」

おけいは相槌を打ちながら、おたねの噂話を思い返していた。

光太郎の祖父の甚兵衛という人は、若いころには〈今業平〉と呼ばれ、今でも隠居所にお妾さんを囲いつつ外を遊び歩くツワモノだと聞いた。もしかしたら、よその女のもとから帰る道中に、あの世へ旅立ったのかもしれない。

汚れひとつない純白の木槿の花が、強い日差しの中で眩しかった。

その日、手習い処に届いた知らせは、光太郎の祖父の一件だけではなかった。

「大変です、お師匠さまっ」

「とんでもなくタイヘンです！」

昼餉の休憩が終わろうとするころ、お伸とおたけが土間に飛び込んできた。

「まあまあ、なにが大変なのですか」

教本を抱えて笑う淑江に、仲良し二人が肩で息をしながら言った。

「うわなり打ちです」

「お春ちゃんの家に、うわなり打ちが押しかけました」

淑江の顔から笑みが引いた。

「いつのことです」

今朝です、と、お伸が答えた。

「うちのお父つぁんが白壁町を通りかかったら、お春ちゃんの家がめちゃくちゃに荒らされていて、うわなり打ちにやられたようだって——」

淑江は何も言わずに教本を置いて出ていった。

おけいもじっとしてはいられなかった。

「お伸さん、おたけさん。すみませんが留守をお願いします」

外へ飛び出すと、ひとつ先の辻を折れる淑江の姿が見えた。おけいはすぐに追いつき、淑江の背中を押すように白壁町へ駆けつけた。

お春が母親と暮らす長屋の木戸口では、何人かの野次馬が奥をのぞき込んでいた。

「すみません、ちょっと通してください」

人々のあいだをすり抜けたおけいは、戸が開け放された家の前に立った。いわゆる貧乏長屋ではなく、座敷がふた間と屋根裏までついた広い家である。

中をのぞき見て、おけいは思わず口に両手を当てた。

（ひどい。なんてことを……）

今朝まで使っていたと思しき鍋や釜、朝飯の残りが入ったままのお櫃が土間に転がり、割れた皿や茶碗のかけらがそこら中に散らばっている。

畳には土足で上がり込んだ跡があり、桐の簞笥が倒れて、引き出しがすべて投げ出されていた。蹴り破られた襖の向こうには、上等な分厚い布団が見える。大きく切り裂かれた布団から綿が引き出されていることに気づいて、おけいは背筋が冷たくなった。

「子供の目の前で、むごいことをしたものです」

低い声に振り返ると、淑江が割れた硯箱を手にして立っていた。

「それは、お春さんの……」

「表通りに投げられていたそうです。近くの方が預かっていてくださいました」

お春の手習い師匠がきたと知って、近所のおかみさんたちが集まってきた。みなが口々にしゃべりたてるには、お春とその母親が手習い処へ出かけるころを見計らい、二十人近い女たちがうわなり打ちを仕掛けたのだという。

そもそも〈うわなり〉とは、光源氏のような男が複数の妻をもっていた時代、先妻のあとから迎えた後妻をさして言った言葉である。それから時代が下り、先妻が一族の女たちを頼んで、憎い後妻の家へ押しかける風習が〈うわなり打ち〉と呼ばれた。

当時は斧や鉈などで本当に家を打ち壊してしまったそうだが、今どきのうわなり打ちは、妾を衆目にさらして恥をかかせることが目的らしい。

『うわなり打ちぃ、うわなり打ちでございまするー』

竹竿やほうき、すりこぎなどを手にした女たちが隊列を組み、妾の家の前で鍋を打ち鳴らしながら大声を上げる。そんな物騒ぎが二、三年前から、妾宅や隠居家の多い向島あたりで流行りはじめたと聞いてはいたのだが……。

「まさかうちの長屋に押しかけてくるとはねぇ」

「よそでは大声でわめきたてるだけで、家の中まで踏み込んだりしないっていうけど」

「旦那の本妻さんってのが、よほど恨みを溜め込んでいたんだろうよ」

お春の若くてきれいな母親が、とある大店の旦那の囲い者であることは、近所の誰もが知るところだった。もちろん淑江は承知しているし、おけいもそれとなく察していた。

「それで、お春さんとお母さまは無事だったのでしょうか」

心配する淑江に、一部始終を見ていた隣人たちが大丈夫だと請け合った。

本妻が女衆を従えて立ち去った後、すぐに駆けつけた男たちが、道端に座り込んで震えている母と娘を駕籠(かご)に乗せて連れていったという。

「あれは旦那さんの店の手代(てだい)たちですよ。きっと本妻さんの目が届かないところへ隠したのでしょう」

泣き虫のお春が泣くことも忘れて震えていたと聞き、おけいは可哀(かわい)そうでならなかった。

だがもう自分たちにしてやれることは何もなかった。

◎

夜間の手習い処では、四人の筆子が広い座敷に間をあけて座っていた。せっかくやる気を見せていたお政は、酔った亭主が暴れた晩からきていない。

『すみません、お師匠さま。うちの人も心の中では悔いているのですけど……』

亭主に代わって謝罪にきたお政は、いったん手習いをやめたいと淑江に申し出た。

『普段は大酒なんて飲まない、おとなしい人なんです』

油団の上に座り、お政は半ばひとり言のように話した。

『指物(さしもの)大工の親方に弟子入りして、もう三十年になるんですけど、あまり腕の立つほうじゃないから一本立ちなんて夢のまた夢で……』

そんな亭主は、若くて才能のある職人たちとも馴染めず、仕事が上がればまっすぐ家に帰ってくる。二人の子供たちが住み込みの奉公に出てしまうと、家の中で話し相手になるのはお政ひとりだった。

『あたしがゆっくり愚痴を聞いていればよかったんでしょうけど、つい手習いが面白くて、夕飯をさっさとすませてはここへきていたものだから』

不満のはけ口がなくなった亭主は、飲めない酒を飲んだ勢いにまかせ、手習い処でひと暴れしたというわけだ。

『よくわかりました、お政さん』

静かに耳を傾けていた淑江がうなずいた。

『ご主人の気のすむまで話し相手になってさしあげてください。落ち着いたときに今度は毎晩ではなく数日おきに通ってもいいかと相談してみるのはどうでしょう。あせることはありません。手習いは一生というつもりで、ゆったり構えればいいのです』

お政は何度も詫びと礼を繰り返して帰っていった。

もう一人、淑江が心配しているのはお玉だった。お政の亭主が暴れた翌日から、お玉もぱったり来なくなった。もう四日も顔を見ていない。

「たっぷり墨をかぶってしまいましたからね。もうご免だと思ったかもしれません」

誰より熱心な筆子だったお玉を思いやって、淑江は残念そうだった。

去る者があれば、来る者もある。夜の手習い処に新しい筆子が加わったのは、その翌日のことだった。

いつものように早い夕飯をすませ、人数分の硯箱を用意していたおけいは、なんの前触れもなく土間口に立った大男を見て跳び上がった。

「岩松さんっ」

「やあ、久しぶりだな」

片手を上げて笑うのは十石屋の岩松だった。見慣れたふんどし姿ではなく、りゅうとした単(ひとえ)の着物に渋い角帯(かくおび)をしめている。

「こんばんは。新しい筆子のご紹介にあがりました」

おどけた調子で大男のうしろからお千代が顔を出した。続いて店主の壱兵衛も現れ、筆子として岩松を入門させたい旨を淑江に願い出た。

「こ、この岩松は、手前の従弟(いとこ)にあたります。子供のころから大そうな力持ちでしたので、つい一人前の奉公人として頼みにし、読み書きなどろくに教えてやらないまま、この歳まで過ごさせてしまいました」

お千代の世話になっている女師匠が、大人にも読み書きを教えていると聞いて、この機に岩松にも手習いをさせてやろうと思い立ったという。

「最初はおっ母さんが渋っていたのですけど、夜間の筆子は束脩がいらないって聞いたとたん、すんなり賛成してくれたんですよ」

「こ、これ、お千代」

内輪の話まですらすらとしゃべってしまう娘に、壱兵衛がまごついている。

「ほほ、それはよかったですね」

淑江が朗らかな声をたてて笑った。

「有志の方々に合力をいただいておりますので、夜間の筆子さんからは紙代だけ頂戴するようにしています。書道具もそろっていますし、今からお教えいたしましょうか」

さっそくやってみたいという岩松を残し、壱兵衛とお千代は帰っていった。見送ったおけいが座敷に戻ると、淑江が教本を繰りながら岩松と話しているところだった。

「では、仮名の読み書きはおできになるのですね」

「親もとで二年間だけ手習い処に通いました。でも漢字はからっきしです。せめて高札場の触れ書きくらいは読めるようになりたいと思いまして」

おけいは聞き耳を立てながら、なぜか心が浮き立った。

（岩松さんが筆子になるなんて思ってもみなかった。これから毎晩通ってくるんだ……）

ひととおりの話が終わると、淑江は選び出した教本を岩松に渡した。

「手はじめに仮名文字の書き取りをしてみてください。筆に慣れたら簡単な漢字からやっていきましょう」

教本と硯箱を受け取った岩松を、おけいが土間に近い座敷の隅へと連れていった。

「ここに座って墨をすっていてください」

「すまないな、おけいさん。毎晩忙しいんだろう」

「今はそれほどでも……あ、お師匠さま、ありがとうございます」

淑江は行灯を運び込んで二人のあいだに置くと、そのまま奥の座敷に引っ込んだ。

明かりに照らされたおけいの顔に目をやって、岩松が太い眉をしかめた。

「殴られたところは大丈夫なのかい。まだ少し跡が残っているようだが」

おけいはハッとして顔を伏せた。目のまわりにあった青痣は、日が経つごとに顔の下へと移り、今は顎のあたりが黄色のまだら模様になっている。

「もう治りかけです。それと、殴られたんじゃなくて文机にぶつけたんです」

「同じことだよ。女に怪我をさせるなんてひでえやつだな」

自分のために憤慨してくれることが、とても嬉しい。

「もう墨はこれくらいでいいかな。教本を真似て書けばいいのかい」

「はい、半紙に折り目をつけておくと書きやすいですよ」

おけいはふわふわした気分で、岩松の世話をやいた。

この日から、おけいにとって夜間の手習いが、ことのほか待ち遠しい時間となった。

「あの通り沿いではないでしょうか」

「近くに漆器屋さんがあるとだけ聞いているのですが……」

おけいは淑江の先にたって、見当をつけた四辻へ走った。

探しているのはお玉の家だった。手習いに顔を見せなくなったお玉を心配し、こちらから会いに行くと淑江が言い出したのだ。

次の角をのぞいた右側に、おけいは大きな浅い桶を立てかけた店を見つけた。

「漆器屋さんがあります。お店の人に聞いてみますね」

漆を天日に当ててかき混ぜている職人は、お玉のことを知っていた。

「ホクロの色っぽい姐さんなら、その角を曲がった二軒目にいるよ」

「ありがとうございます。――お師匠さま、こっちです」

そこは三味線の音が聞こえる風雅な小路だった。教えられた家の前で用件を告げると、白い前掛けをつけた女中が、やれやれといった顔をした。

「きてくださって助かりました。ずっとお玉さんがぼんやりしちまって、どうしようかと気を揉んでいたところです。ここを上がった東側の部屋にいますから」

お玉よりも歳下かと思われる女中は、箪笥を階段のように積み上げた箱梯子をさして、奥の台所へと消えていった。

先に箱梯子を上がった淑江が、閉め切られた襖に声をかけた。

「淑江です。おけいさんと一緒にお顔を見にきました」

しばらく待っても返事はない。

「お玉さん、ここを開けてもいいですか」

今度はおけいが話しかけたが、部屋からは物音ひとつ聞こえてこない。どうしたものか顔を見合わせているところへ、さっきの女中が茶の盆を持って上がってきた。

「まったくしようのない人ですね。お玉さん、お客さまですよ」

女中が開けた襖の奥で、だらしなく膝を崩していたお玉が顔を上げた。

「――お師匠さま?」

「急に押しかけてすみません。しばらくお越しにならないので、お召しものを汚されて気を悪くされたのではないかと心配になったのです」

「それは、もう……」

お玉は曖昧（あいまい）につぶやいたものの、これといった返事をしない。

「とにかく、お客さまに入っていただいたらどうですか」

「あ、すみません。どうぞ」

女中にうながされ、淑江とおけいを部屋に入れたお玉だったが、それきり黙り込んでしまった。やがて、外で鳴くセミの声ばかりがうるさいことに痺れを切らしたか、うしろに控えていた女中が、再びお玉をせっついた。

「お師匠さまは、どうして手習いに来ないのかってお訊ねになっているんですよ」

ああそうだったのかと、ようやく悟ったようにお玉が口を開いた。

「私が手習いに行かなかったのは、ご隠居さまが死んだからです」

「まあ、お身内にご不幸があったのですね。それはご愁傷さまで——」

悔やみを述べようとする淑江に、お玉は首を横に振ってみせた。

「ご隠居さまは身内じゃありません。私を世話してくれていた人ですけど、道端でぽっくり逝ってしまったんです」

つまりこの家は妾宅で、お玉は裕福な旦那に囲われる身だったらしい。

わかってみると腑に落ちることは多々あった。お玉は目尻が下がって大きく潤んだ瞳と、口もとのホクロが色っぽい美人だ。白くてぽちゃぽちゃした肌にまとう着物は、商家のおかみさんというより、玄人筋に好まれそうなものばかりだった。

（やっぱりお玉さんも、お春さんのお母さまと同じ身の上だったのか）

おけいの目には、頼みの旦那を失ったことに悄然とするお玉が、いつにも増して頼りなく映った。

「昨夜はご隠居さまの初七日だったのですけど、私は法要に呼ばれませんでした。おぶんと二人、ここから手を合わせただけです。この先どうすればよいのか心細く思っていたら、さっき旦那さまがやってきて――」

「えっ、旦那さま……？」

「お亡くなりになったご隠居の、息子さんのことですよ」

首をかしげる淑江とおけいに、おぶんという名の女中が言い足した。おけいほどではないが小粒で色が黒く、いかにも目端の利きそうな女である。

「奥さまと息子さんのご家族は、大伝馬町のお店にいらっしゃるんです」

亡くなった隠居は、本妻を店に残したまま、若いお玉と暮らしていたらしい。

「ご隠居さまというのは根っから女好きな方でしてね。月のうち半分は、あちこちの茶屋や女の家を泊まり歩いていましたよ」

口の重いお玉に代わって、おぶんが内情をぶちまけた。

亡くなる前日も、隠居は富岡八幡（とみおかはちまん）あたりの女のもとへ出かけていた。女とひと晩過ごし、朝の早い時刻に歩いて戻る途中で昏倒（こんとう）して、そのまま息を引き取ったらしい。

「身元が知れるようなものをお持ちでなかったので、本宅に知らせが届くまで丸一日もかかったそうです。こちらには、その日の夕刻になってようやく」

知らせを受けたお玉は、十二年の歳月をともに暮らした隠居の死を心から悼んだ。しかし囲い者の身で表の場に出ることは許されない。妾宅に閉じこもり、隠居の親族から沙汰（さた）

が下るのを待つしかなかったのだ。

経緯を聞いたおけいは、そっと淑江の横顔をうかがった。これとそっくりな話を何日か前にも耳にした気がするのだが……。

「それで、ご隠居さまの息子さんは、何とおっしゃったのですか」

淑江は疑念をおくびにも出さず、寄る辺ない身となったお玉を気づかった。

「旦那さまは、新しい世話人を探してやると言ってくださいました。私の歳ならまだ引きはいくらでもあるだろうからって」

二十八の年増でも、お玉は色っぽい美人である。次の旦那はすぐに見つかるだろう。

「ところがどっこいですよ、お師匠さま」

割り込んだのは、女中のおぶんだった。

「結構なお申し出だったのに、お玉さんったら新しい旦那なんていらない、自分で働いて稼ぎたいって言うんです」

「えっ、お玉さんが働く——？」

驚きを隠せない淑江に、訥々とお玉が話しはじめた。

「二、三年前からご隠居さまに言われていたんです。自分は最後にもうひと花咲かせたいと思っている。この家をお玉に残してやるから、ここで小商いをするか、手に職をつけて働くか、今のうちに考えておくようにって」

呆れたことに、古希を過ぎたご隠居は、またぞろどこかで若いお妾さんと暮らす算段をしていたらしい。それはともかく、小商いとか手に職をつけろとか、ご隠居もずいぶん無茶を言ったものだった。なにしろお玉といえば……。

「私、自分が不器用なのはわかっています。人さまより鈍いことも」

お玉は目の前の畳を見つめて言った。

「今までいくつもお稽古ごとを試しましたけど、どれも三日で見放されてしまって、ひと月以上も根気強く教えてもらったのは、夜の手習い処が初めてでした。こんな私が自分で働いて稼ぎたいなんて、身のほど知らずと思われるでしょうね」

おけいはきまりが悪かった。確かに今、鈍くて不器用なお玉に仕事なんてできるはずがないと思ったばかりだ。

「でも、もう人の世話になるのはいやです。ここで楽な暮らしはさせてもらいましたけど、何日も帰ってこない旦那を待っているのも、ひとつ歳を取るごとに捨てられやしないかと心配するのも、葬式にすら出られないのも懲りごりなんです」

「お玉さん……」

お玉の紅潮した頰を、淑江は気圧されたように見つめていた。

思えば手習い処の中で、お玉は誰とも無駄話をしなかった。雨の日も風の日も真面目に通ってきては、鏡に映したような左右逆の字を書き続けた。どうしようもなく不器用で、誰より一途な筆子だったお玉が、初めて明かした胸の内だった。

「あーあ、こんな人だけど、なぜか見捨てる気にはなれないんですよね」

大げさに嘆いて畳に両手をついたのは、女中のおぶんだった。

「お師匠さま、あたしがこんなお願いをするのは筋違いですが、この人の力になってもらえませんか。お玉さんの仕事が決まるまでは、あたしもここに残って手伝いますから」

「わたしからもお願いします」

おけいも手をついた。お玉が望むなら新しい仕事を見つけてやりたい。

「そうですね……」

淑江だけは安請け合いをしなかった。ひと月半ものあいだ手習いの指南を続けて、お玉の並大抵でない不器用さを痛感しているのだろう。

部屋の中にまた静けさが訪れた。

やがてジージーと鳴くセミの声に混じって、表戸のほうから子供の声が聞こえた。

「ごめんくださぁい、お玉さーん」

「はーい、お玉さんならお二階です。台所に握り飯も用意してございますよぉ」

おぶんが返事をして間もなく、軽やかな足音が箱梯子を駆け上がってきた。

「こんにちは。昨日の法事の饅頭をお届けしようと――」

部屋に飛び込もうとした男の児が、はたと敷居の前で立ち止まった。

「これはお師匠さま、失礼いたしました。おけいさんもご一緒でしたか」

紙包みと握り飯の皿を横に置き、上品に膝をついたのは、平野屋の光太郎だった。

「こんな偶然もあるのですね。お玉さんの世話をしていたのが平野屋のご隠居さま、つまり光太郎さんのお祖父さまだったなんて」

お玉の家からの帰り道、おけいは興奮冷めやらぬままに話した。

「本当に、巡り合わせとは不思議なものです……」

淑江は口数が少なかった。お玉に力添えをすると約束してきた以上、いろいろと考えることもあるのだろうが、それにしても顔色がさえない気がする。

追い立てるように早足で歩く癖のあるおけいは、淑江のうしろで歩調をゆるめた。

「お疲れのようです。家に戻ったら少しゆっくりなさってください」

夏の昼間は長い。夕餉まで横になったほうがいいと言うおけいに、淑江は額の汗を手巾でぬぐいながら薄く笑ってみせた。

「やはり歳ですね。気持ちばかりが先走って、身体がついてきてくれません」

五月二日に夜間の手習いをはじめて以来、淑江は朝から晩まで筆子たちのために奮闘してきた。その間、ゆっくり身体を休めた日はどれくらいあっただろう。

若々しく見えても淑江は七十一。お玉の身の振り方にまで手を取られていては、真夏の暑さの中で参ってしまうかもしれない。

（お師匠さまにこれ以上のご負担をかけてはいけない。でも、お玉さんの仕事も何とかしてあげたいし、わたしにお手伝いできることがあればいいのだけど……）

もし小商いをはじめるとしたら、先立つものは銭である。

おぶんが言うには、日々の買いものをする銭とは別に、いずれお玉のために使うつもりの金子（きんす）を隠居が取り置いているかもしれないので、探してみるとのことだった。

まとまった金があるなら、それで小さな商いをはじめるのが、お玉のためには一番よいように思われる。元手がないなら外で働くしかないが、あのお玉に間に合う仕事が見つかるかどうか……。

そのとき、おけいの頭上から『あっぽー』と、間の抜けた声が降ってきた。貧乏神のお使いとされる閑古鳥（かんこどり）が、手習い処の屋根にとまってこちらを見ているのだ。

あとで光太郎にもらった法事の饅頭を分けてやろうと思った矢先、きまぐれな閑古鳥は、真っ黒い翼を羽ばたかせて飛び立ってしまった。

（もう行ってしまうのね、閑九郎……）

寂しく見送るおけいは、ふと閑古鳥と同じ黒々とした瞳を思い出した。

「どうしました、野良猫でもいましたか」

手をかざして屋根を見上げる淑江に、おけいは明日の手習いが終わったあと、日没まで暇が欲しいと申し出た。

「それはかまいませんが、急なご用事でも？」

「出直し神社へ、お玉さんをお連れしようと思います」

みるみる遠ざかる閑古鳥は、真っすぐ下谷の空を目指していた。

◉

翌日は朝から猛烈な暑さとなった。

午後の八つを過ぎても日差しは強く、足もとから熱気がせり上がってくる。もたもたしていると干物になってしまいそうで、おけいは内心あせっていた。

「頑張ってください、お玉さん。出直し神社までもう少しですから」

「は、はい……大丈夫です」

大丈夫と言いながら、お玉は大汗をかいて苦しそうだ。囲い者としての暮らしがままならないものであったにせよ、暑さ寒さを忍んで歩きまわることも、家事に追い立てられることもなく、安楽に過ごしてきたのも事実なのである。

こんなに歩いたのは数年ぶりだというお玉を励まし、おけいはようやく下谷の大寺院の裏道までやってきた。

「あとはこの笹藪（ささやぶ）を通り抜けるだけです。狭いので気をつけてくださいね」

わかりましたと答えた矢先、おたまは笹藪の小道で二度転んだ。その都度おけいが助け起こし、どちらもほうほうの体で社の前にたどり着いた。

「あっ、婆さま」

古びた社殿の簀子縁の上で、いつもの白い帷子を着た婆が立っていた。うしろ手を組み、皺くちゃの顔を突き出して、面白そうにこちらを見ている。

「暑い中をよくきたね」

おけいは疲れ切っているお玉の手を引いて、社殿の中に転がり込んだ。

（あー、涼しい……）

思わずため息が出てしまうほど、扉の内側はひんやりとして心地よい。

いささかだらしない格好で座り込んだお玉と、久しぶりの帰参にほっとしているおけいのもとへ、うしろ戸の婆が土瓶と湯飲み茶碗を運んできた。

「これをお飲み。元気がでるよ」

そう言って茶碗に注いでくれたのは、いつもの白湯ではなかった。麦湯のようにも見える飲みものは、口の中に爽やかな香りと甘さを残して、冷たく喉を流れ落ちてゆく。

「おいしい……。婆さま、これは何という飲みものですか」

「冷やしておいた飴湯だよ。お客さまはもう一杯ご所望のようだね」

ひと息で飲み干してしまったお玉の茶碗に、婆は飴湯をたっぷりと注いでやり、おけいにもおかわりをいれてくれた。

　夏の暑気払いとして飲まれる飴湯には、水飴と肉桂が入っていると聞いたことがあるが、婆の冷たい飴湯は、甘さの中にピリッと辛い生姜の味がする。二杯目を飲み干すころには身体の火照りと汗が引き、疲れもどこかへ飛んでいった。

「では、そろそろはじめるとしようか」

　おけいが土瓶と茶碗を下げるのを待って、婆は目の前の客人に訊ねた。

「あんたの名はなんというのかね、歳はいくつだい」

「玉です。歳は、ええと、二十八」

「ではお玉さん。あんたの二十八年の人生を、この婆に聞かせておくれ」

　しかし、お玉はごくりと喉を鳴らしただけで、なかなか口を開かなかった。

〈たね銭〉の約束ごとも含め、婆にどんなことを聞かれるのか、おけいが前もって教えておいたのだが、お玉には話のとっかかりがつかめないらしい。

「在所は、朱引きの外だね」

「は、はい。羽村というところです。玉川の水道にお水を送っている近くで生まれて、それでお玉という名前です」

「親は何をしていたのかね」

「百姓です。小作で、貧しくて、弟妹も多くて、十二で子守りに出されました」

婆の問いに答えるかたちで、お玉は自らの人生を語りはじめた。

「どこで子守りをしたんだい」

「はじめは羽村のお庄屋さんの家です。それから二番庄屋さんの家に行きました。どちらも間に合わないからって暇を出されて、いったん実家に戻りました」

お玉は子供のころから鈍くて不器用だった。在所での奉公をことごとくしくじり、十五になって江戸の市中に出てきたらしい。

「奉公先は大伝馬町の平野屋さんでした。今度は子守りじゃなく下女中でしたが、やっぱりうまくいきません。毎日叱(しか)られてばかりで……」

お玉は何をやらせても暇がかかって、しかも失敗が多かった。洗濯など半日経っても終わらないし、はたきをかければ障子に穴を開ける。厠(かわや)掃除をしていて危うく便壺(べんつぼ)にはまりかけたこともあった。それでも追い出されなかったのは、平野屋の大おかみであるお涼(りょう)が、我慢強くお玉を使ってくれたからだった。

「お涼さんというのは、そんなに優しい人だったのかね」

この問いに、お玉は口を半開きにして考えてから答えた。

「優しいという感じではなかったです。むしろとっても厳しくて、奉公人だけじゃなく、旦那さまや若奥さまも、お涼さまには頭が上がりませんでしたから」

当時の平野屋は、すでに先代の甚兵衛が隠居し、一人息子の角兵衛に代替わりしていた。

若いころから〈今業平〉と呼ばれて女のもとを渡り歩くのに忙しかった甚兵衛は、息子が二十歳になるのを待ちかねて店を譲ったらしい。

若い角兵衛を支えたのが、母親のお涼だった。それまでにも奔放な亭主に代わって店を切り盛りしてきたお涼は、息子の代になって平野屋の商いを盤石のものとしたのである。

「その厳しい大おかみが、どうしてあんたに暇を出さなかったのだろうね」

お玉は再び口を開け、当時の思い出を手繰り寄せるように答えた。

「お涼さまは言いました。自分もツチノコだったから、若いころには叱られてばかりいた。今すぐ追い出したりしないから、女中頭の言うことを聞いて真面目に働けって」

「え、ツチノコ……？」

うっかりつぶやいてしまったおけいに、婆が笑って教えてくれた。

「ツチノコという言葉にはいろいろな意味があってね、お涼さんが言いたかったのは、若いころは自分も不器用な女中だったってことだと思うよ」

昔は針仕事ができない不器用な女を、槌の子と呼んで馬鹿にしたらしい。

「とにかくお涼さまが大目にみてくださるお蔭で、私は女中頭さんに叱られながらでも、平野屋に置いてもらえたんです。それなのに、お涼さまに顔向けできないことになってしまって……」

お玉が十六になった年の春、深川の若い女のもとでよろしくやっていた甚兵衛が、数年ぶりで平野屋に帰ってきた。女と別れたのを潮に、今度は向島あたりで隠居所を構えたいと考え、準備のために戻ってきたのだという。

「ご隠居さまにお会いしたのは、そのときが初めてでした。ご隠居さまは叱られてばかりいる私を見て、自分と一緒に向島へ来るよう勧めてくれました」

もちろん甚兵衛のほうは、お玉が叱られてしょんぼりしている姿ではなく、白くてぽちゃぽちゃした餅肌や、口もとの色っぽいホクロを見ていたに違いない。

どちらにしても、年季奉公中のお玉は自分の身の振り方を決められる立場になく、店主の角兵衛、隠居の甚兵衛、そして甚兵衛の女房のお涼が三人で話し合ったすえ、年寄りの甚兵衛が我儘を通したのだった。

「私はご隠居さまに連れられて向島の別宅へ移りました。そこで七年を過ごしたのち、そろそろ町中に戻りたいというご隠居さまに従って、今の家に引っ越したんです」

向島から大川を渡れば吉原遊郭は目と鼻の先だったが、甚兵衛は豪華に着飾った太夫よりも、十六、七の町娘か、山だし娘のほうがお好みだったようだ。

「ご隠居さまはあちこちの茶屋をのぞいては、若い子に目をつけていました。私なんて、本当は向島にいるときから飽きられていて、お情けで置いてもらっていただけです」

――お玉は、鈍いところがいい。

甚兵衛はそう言ってお玉を褒めたという。たいがいの女は嫉妬深くて、甚兵衛が遊んで帰るたび、ねちねちと愚痴や嫌味を言ってくる。でも、お玉は何も言わない。今からどこへ行くのかしつこく聞かないし、誰と会っていたのか詮索もしない。だから長く家に置いても邪魔にならないのだと。

（ひとを馬鹿にしているわ。お玉さんがどんな気持ちで黙っているのか考えもしないで、勝手なことを言って……）

横で聞いているおけいは、会ったこともない平野屋の隠居が憎らしい狒々爺に思われて、無性に腹が立った。

「もういいんです。女たらしだけど、私には神さまみたいな人でしたから」

おけいが怒っていることに気づいたか、お玉は甚兵衛をかばった。

「今の隠居家を残してやると言ってくれましたし、芸ごとで身を立てられるよう、新内節や常磐津のお稽古にも行かせてくれました。私があんまり不器用なので、何をやってもものにならなかっただけです」

そんなふうに言われたら、もう甚兵衛を悪く思うことはできない。お玉には鈍いところがある分、他人の欠点を大目にみるという長所がそなわっているのかもしれなかった。

「ふむ、それほど不器用なあんたが、囲い者には戻りたくないというのだね」

「はい、イヤです」

お玉にしては珍しい、はっきりした返事だった。

「次の旦那の世話になっても、すぐ若い子にとって代わられてしまいます。たとえ質素な暮らしでも、自分で自分の身をやしなってみたいんです」

さてどうしたものか——と言いたげに、うしろ戸の婆がおけいのほうを見た。

お玉を誘ったのはおけいである。この不器用な女をなんとかしてやりたくて、ここまで連れてきたのだ。乗りかかった舟から逃げるわけにはいかない。

「お願いします。お玉さんにふさわしい仕事が見つかるよう祈願してください」

祭壇にはネズミにかじられて穴の開いた琵琶が用意されていた。婆はご神体の貧乏神に向かって祝詞を読み上げると、お玉の前で大きく琵琶を揺すった。

ぽたっ、と、鈍い音をたてて琵琶の穴から落ちたのは、一文銭の穴に紐を通して百枚連ねた、いわゆる百文ざしだった。

「このたね銭は、神さまがあんたに貸してくださるものだ」

お玉の膝先に百文ざしを置き、噛んで含めるように婆が言った。

「いいかね、あんたが妾稼業から足を洗って世に出たいと望むなら、先に女としての礼を尽くしておくがいい。たね銭はそのために使うのがいいかもしれない」

「礼金として使えということですか」

婆は小さく首を横に振った。

「人と人とのかかわりには、欠くべからざる礼儀があるということさ。たとえ、かたちだけのものであったとしてもね」

お玉には、その言葉の意味が半分もわかっていないようだったが、ありがたくたね銭をいただいて帰ったのだった。

●

「お疲れさま、光太郎さん。あなたがいないあいだ、みんな寂しそうだったのよ」

「恐れ入ります。お園さんも寂しがってくれたのなら休み甲斐(がい)があるというものです」

「ねえ、光太郎さん。この着物と帯の市松柄は合っているかしら」

「とてもお似合いですよ。おいとさんは趣味がいい」

午後の手習いが終わった途端、われ先に女の児たちが光太郎を取り囲む。口々に名残を惜しみ、着物や小物を褒めてもらう様子も、いつしか当たり前の眺めとなった。

(でもよかった。今のところ、どこからも苦情はきていないようだし)

賑々(にぎにぎ)しくもなごやかな子供たちを見守りながら、おけいは密(ひそ)かに安堵(あんど)した。

ここ数年、淑江が教えている筆子は女の児だけだった。はじめのうちは男の児もいたらしいが、品のよい女師匠の噂を聞いてお嬢さんたちが集まるようになると、すっかり女の児のための手習い処として世間に知られたのだ。

そこへ突然、光太郎が入門することになった。〈今光源氏〉の異名をとる男の児と、大事な娘を一緒にされては困ると言い出す親がいるだろうと、淑江は覚悟していたのだが、いざふたを開けてみれば、どこからも苦情はなかった。

「いずれ光太郎さんが平野屋を継ぐわけですからね。自分の娘が近づきになっておくのは悪いことではないと、親御さんたちは考えたのかもしれません」

筆子たちが帰ったあとの静かな座敷で、淑江は己の取り越し苦労を笑った。

平野屋は何代も前から地道な商いを続け、今の大おかみの才覚で大きくなった店である。大坂の本店から取り寄せる河内木綿の質もよく、太物問屋としての評価は高いらしい。

「平野屋といえば、おけいさんはこのあとお玉さんの家へ行くのでしたね」

「はい、日暮れには戻ってまいります」

昨日のたね銭の使い道も含め、お玉の生業について話し合うことになっているのだ。

「本当なら私が出向くべきなのですが、せめてここの掃除くらい――」

「とんでもない。お師匠さまは夜間の手習いがはじまるまで横になってください」

暑さのせいで食が細くなっている淑江を二階へ追いやり、おけいが大急ぎで座敷を掃き出そうとしていると、縁側の外から子供の声がした。

「よろしければ、お手伝いしましょうか」

「まあ、お千代さん。今日も隠れん坊ですか」

ほかの女の児たちが大騒ぎで光太郎を取り巻いている中、お千代だけは関わりになるまいと逃げまわっている。

「おけいさんはご用をすませてきてください。掃除はわたしがやっておきますから」

ほうきを取り上げたお千代に、おけいはこっそりささやいた。

「すみません。なるべくお師匠さまには休んでいただきたいので、よろしく頼みます」

「早く行ってください」

お千代にあとを任せると、おけいは炎天下へ走り出た。


お玉の家は紺屋町の一丁目にある。手習い処が二丁目なので大して離れているわけではなく、道さえ覚えてしまえば、足の速いおけいはすぐに駆けつけることができた。

「ごめんくださ――、あら」

上がり口で出迎えたのは、さっき手習いを終えたばかりの光太郎だった。

「おぶんさんの握り飯を食べに立ち寄ったら、じきおけいさんもお見えになると聞いたのでお待ちしていました。どうぞお上がりください」

ここでおやつをもらうのが日課らしい光太郎に、奥の座敷へと案内される。床の間つきの六畳間では、横座りをしたお玉が気だるそうにしていた。

「こんにちは、お玉さん。やってみたい仕事は思いつきましたか」

「それが、これといって……」

お玉の顔には生気がなかった。不器用な自分にいったい何ができるのか、考えれば考えるほど無理な気がしてきて、考えるのに疲れたのだという。

そこへせかせかと、おぶんが現れた。

「いらっしゃい、おけいさん。まあこれを見てくださいな」

当人がげんなりしているのとは反対に、この小柄でよく動く女中は、何とかお玉を助けようと張り切っている。今も蓋(ふた)つきの甕(かめ)を畳に置くと、おけいの前に押し出した。

「前にお話ししたものです。家の中を探しまわって、かきあつめておきました」

甕の中に入っていたのは、一文銭や四文銭、十文銭などの小銭だった。別に差し出された懐紙(かいし)からは、一分金が八枚出てきた。

「お玉さんと数えたのですけど、念のためおけいさんの目で確かめてみてください」

「わかりました。光太郎さんもここで見ていてもらえますか」

おけいは平野屋の隠居が残した金子を、孫の光太郎の前で数えた。

「しめて、金八分と銭六百三十一文、ですね」

金八分は二両に相当する。まとまった額と言えなくもないが、お玉の行く末を考えて残された金子としては少なく思われる。恐らくまだ死ぬ気のなかった甚兵衛は、お玉の身の振り方が決まったのち、あらためて金子を取り寄せるつもりだったのだろう。

(二両と六百三十一文か……)

おけいは心の中で繰り返した。当座の生活費を差し引いて考えると、たね銭の百文を足したとしても、商いをはじめるのに十分とはいえない額である。

「うちのお父つぁんに話してみます」

畳の上に並べられた金子と小銭を見て、光太郎が言った。

「どのみちお祖父さまが生きていたら、平野屋が用立てたはずの金子です。不足分は平野屋で用意するのが筋でしょう」

「ま、待って、それは勘弁してください」

お玉が膝をくずしたまま、おかしな格好で畳に手をついた。

「平野屋さんに無心なんてとんでもありません。旦那さまのお申し出を断ったのは私です。それに、万が一、お涼さまの耳に入りでもしたら……」

お涼の名前を口にして、お玉は小さく身震いした。

今から十二年前、甚兵衛の若い妾として向島の隠居所に伴われようとするお玉の背中に、大おかみのお涼が告げたのだという。

『いいかい、二度と平野屋の敷居を跨(また)ぐんじゃないよ。私はこれきりおまえの顔と名前を忘れるからね。もし、思い出させるような真似をしたら、そのときは――』

最後の言葉は風にかき消されてしまったが、お玉にうしろを振り返る勇気などなかった。以来、一度も平野屋に近づくことのないまま、今日まで過ごしてきたのである。

「せっかく目をかけていただきながら、ご恩を仇で返してしまったんです。きっと今でも、お涼さまは私のことを覚えておいでだと思います」

これきりおまえの顔と名前を忘れる——。その言葉の裏には、けっしておまえの不義理を忘れはしないという、お涼の厳しい本音が隠れている。

「うーん、それは困りました」

光太郎が大人のような腕組みをしてうなった。

「お祖母さまのご気性は、私もよく心得ているつもりです。たとえ昔のことでも、お玉さんに恨みごとをおっしゃったとなると、いささか厄介ですね」

甚兵衛の本妻であるお涼は、遊びにうつつを抜かす亭主に代わって平野屋を守り続けた女傑である。早々に隠居した甚兵衛が、どんな勝手をしようと意に介してこなかったが、自ら手飼いとして面倒をみてやろうとしたお玉の裏切りだけは別だったようだ。

「小商いができなくてもいい。私、何でもします」

ようやくお玉が肚を括った。

「でも、こんな私を雇ってくれるお店が江戸にあるでしょうか。もちろん歩き売りでも、安い内職でもかまいませんが……」

「それはこれから一緒に考えましょう」

心細げなお玉のため、おけいとおぶんが知恵を絞った。

手はじめに簡単そうな内職をいくつかやらせてみたい。長屋のおかみさんたちの中には、子育ての片手間に仕立てものをして結構な銭を稼ぐ者もいるという。売り歩きの仕事は、本人にその気があれば何でも売って稼ぐことができる。実際に道具を借りて町を歩かせてみれば、向き不向きがわかるだろう。

あれこれと考えているうちに時が経ち、次第に部屋の中が薄暗くなってきた。おけいは手習い処に戻らなくてはならない。

「では、おぶんさん。あとはよろしくお願いします」

「お任せください」

おぶんが胸をたたいて請け合った。今から古い浴衣をほどいて、お玉に縫い直させることになっている。もし針が持てるなら、仕立てや洗い張りなどの内職につながるので、今夜のうちにお玉の裁縫の腕を見極めておくことになったのだ。

「私も帰ります。また明日もきますから、握り飯を作っておいてくださいね」

光太郎も、おけいのあとに続いて外へ出た。

「ああ、きれいな夕焼けだ。きっと明日も朝から暑くなることでしょう」

西の空を見て目を細めるその横顔は、女の児と見紛うほど美しく整っている。

同じ歩幅で道を歩きながら、おけいは先刻から気になっていたことを聞いてみた。

「光太郎さんは、前からお玉さんと親しかったのですか」

「はい、仲良くしていました。お祖父さまがあの家に越してこられてからは、よく遊びに行っていましたから」

甚兵衛は唯一の男孫である光太郎を可愛がり、光太郎も祖父に懐いていたという。

「私はお祖父さまが好きでした。石仏に金兜（かなかぶと）をかぶせたようなお父つぁんとはまるで違って、困った人だとは知っていても、不思議に惹（ひ）かれるところがありました」

祖母のお涼は、足しげく甚兵衛のもとへ通う光太郎が、いずれ同じような遊び人になってしまわないかと案じながらも、二人が会うことを禁じなかった。〈今業平〉の孫が〈今光源氏〉とはよくできている、などと近所で面白おかしく噂されても、黙って聞き流していたらしい。

「お祖父さまとは、あちこちの茶屋へ行きました。〈くら姫〉にも二度ばかり行ったことがあるのですよ。そのとき、離れた席に座っておられたお師匠さまのことを、お祖父さまがお店の人に訊ねて、あれはお隣の手習い師匠だと……ああ、そうだ」

光太郎は、ふと思い出したように言った。

「二度目に行ったときは、お玉さんも一緒でした。背の高いきれいな人が折敷（おしき）を運んでいるのを見て、自分も一度でいいからあんなふうに格好よく働いてみたいものだって感心していましたっけ。あとになってお祖父さまが、あれは女じゃない、うまく化けているが儂（わし）の目は誤魔化せないって耳打ちしてくれたのですが」

女の格好をした仙太郎の正体を見抜くとは、さすが年季の入った女たらしである。

それはそうと、お玉が〈くら姫〉のお運びにあこがれていたとは初耳だった。できることなら、試みにお玉を働かせてもらえないものだろうか。

思案しながら歩くうち、もう手習い処は目の前だった。

「ところで、十石屋のお千代さんは、もうお家(うち)に帰られたのでしょうね」

さりげない光太郎の問いに、おけいはうっかり、お千代なら自分の代わりに掃除をして帰ったはずだともらしてしまった。

「やっぱり手習い処の中に隠れていたんですね。どうしてかなぁ、あの人だけが私を避けようとする。嫌われることはしていないつもりですが……」

たとえ大勢の女の児に囲まれていても、お千代ひとりにつれなくされることが、光太郎には不足に思われるらしい。

「お千代さんは、容姿についてとやかく言われることが煩(わずら)わしいようです。照れているだけかもしれませんが、もっと別の話をされたほうがいいでしょうね」

おけいの助言に、光太郎が大真面目な顔で訊ねる。

「たとえばどんな？」

「学問がお好きな方ですから、その方面のお話なら興味があるかもしれません」

なるほど、さすがはおけいさんだ、と、感心してみせた光太郎は、暮れ六(む)つ（午後六時ごろ）の鐘が響きはじめた裏通りを引き返していった。

わざわざ遠まわりをして、手習い処までおけいを送ってくれたのだった。

わずかに昼間の暑さがやわらぐ宵のころ、新参の岩松を含む五人の筆子が、夜の手習い処にやってきた。

「おけいさん、昨日の書き取りにいくつか誤字がありました。朱を入れておきましたから、もう一度同じ手本を書き写してごらんなさい」

「はい、ありがとうございます」

朱墨で訂正された紙を受け取り、どこに座ろうかと見渡す座敷の隅っこで、岩松が大きな背中を丸めている。おけいはさりげなく側（そば）によると、岩松からひとつ間をおいた文机に、自分の書道具を置いた。

「なあ、おけいさん。これはなんて字か読めるかい」

しばらくして岩松が話しかけてきた。

「はい、これは〈有〉のくずし字で、その下にあるのは〈無〉という字です」

岩松に与えられた手本帳には、対で覚える漢字が書き出してあるようだ。

「なるほど、じゃあ、次のふたつの字も対になっているのかな」

「それは〈賢〉の字と、下はたぶん〈愚〉だと思います」

「へえ、やっぱりおけいさんは、おれなんかよりずっと賢いなぁ」

そんなふうに褒められると、つい真に受けて頬がゆるんでしまう。自分はお千代にくらべてよほど浅薄なのだと、おけいは思った。

「あんたがいてくれて心強い。世話をかけるけど、よろしく頼むよ」

「わ、わたしこそ」

おけいは赤く染まった頬を白衣の袖でかくし、自分の文机に戻った。

（せっかく手習いの機会をいただいたのに、浮ついてちゃいけないわ）

目の前には何か所も朱墨で訂正された半紙がある。おけいはていねいに墨をすり、自分が間違えた漢字を一文字ずつ書き直していった。

◉

「ごめんね、力になれなくって」

裏庭で朝一番の水汲みをしていたおけいに、仙太郎が謝った。

「そんな……無理なお願いをしたのはわたしのほうですから」

おけいも手にしていた桶を置いて頭を下げた。

互いにすまながっているのは、お玉の件だった。〈くら姫〉のお運びにあこがれていたというお玉を、見習いとして仙太郎に託したのが三日前のこと。ところが昨日の晩、この話はなかったことにしてもらいたいと、女店主のお妙が詫びを入れにきたのだった。

『申し訳ございません。せっかくご紹介いただいた方ですが……』

『いいえ。お手を煩わせて、こちらこそ申し訳ないことをいたしました』

お玉の後見人となっている淑江は、理由を問うことなく静かに頭を下げた。

一夜が明け、〈くら姫〉の女衆を束ねる仙太郎が、おけいに詳細を伝えにきたのだった。

「とても素直だし、いい人なのはわかるのよ。でも、なんて言ったらいいのかしら」

仙太郎は言葉選びに気をつかっている。

「よくお玉さんは、ご自身のことを不器用だとおっしゃいますけど……」

「確かに稀にみる不器用な人だわね。でも、それよりもっと困ることがあって、たぶん、お玉さんには気働きが欠けているのだと思う」

仙太郎が言うには、たとえ不器用な者でも我慢強く教えていれば、身体で仕事を覚える。ただ、気働きの才だけは天賦のもので、教えて身につくものではないらしい。

「うちみたいに大勢のお客さまをおもてなしする茶屋では、一人ひとりの働き手が目配りをして、いま何をすべきか、次は何をしたらいいか、自分の頭で考えなきゃいけないの。でもお玉さんみたいな人はそれがわからなくて、ぼーっと突っ立ってしまう」

だからお玉を雇わないようお妙に進言したのだと、仙太郎は正直に打ち明けた。

「ついでに言わせてもらうけど、あの人は雇われて働くには向いていないよ。せめて歩き売りか、簡単な内職を探してあげたほうがいいんじゃないかしら」

「わかりました。ありがとうございます」

じつは簡単な内職でさえままならないのだが、それを仙太郎に言っても仕方がない。

一人になって井戸の水を汲みながら、おけいはこれまでの首尾を振り返った。

ツチノコと呼ばれるだけあって、お玉は雑巾すらまともに縫えなかった。傘張りや団扇張りの作業もだめで、組紐などはめちゃくちゃに糸をからめてしまう。

（仕方ないわ。不器用なのは本人のせいじゃなし、お玉さんの苦手なことや無理なことはいろいろわかってきたのだから、次は歩き売りの仕事を探してみよう）

おけいは気を取り直して、連日の暑さに萎れかけた植木に水をやった。


酷暑の朝ともなれば、少し歩いただけでも汗が流れる。

手習い処の女の児たちは、みな水路の小橋の前で立ち止まって首筋の汗を拭いた。土間に入れば、恒例となった光太郎のお出迎えが待っているからだ。

「おはようございます。おや、お園さん、髪の結い方が変わりましたね」

「桃割れをやめて、銀杏返しにしてもらったの。どうかしら」

お園はくるりとうしろを向き、娘らしく結い上げた髷とうなじをみせた。

「参ったなぁ。そんなに大人っぽくなられては、気安くお声がかけられませんよ」

やはり九歳の子供にしては、もの言いがませている。そのうち馬喰町の方面からやってきた筆子たちのなかにお千代をみつけ、光太郎はいそいそと歩みよった。

「おはようございます。お千代さんは『論語』を読まれたことはありますか」

「えっ、ろんご――？」

お世辞を浴びる前に逃げようとしていたお千代が、不意打ちをくらって足を止めた。

「『論語』です。孔子(こうし)の言葉をまとめた儒学(じゆがく)の教本ですよ」

そう言うと、光太郎は袖の中から冊子を取り出した。

「前に私がお世話になっていた先生は、毎朝これを素読させたのです」

仁と礼を基本の教義とし、治国平天下のための実践を説く儒学は、武家にとって必須の教養である。町人の子を教えるにあたっても、浪士が師匠をつとめる手習い処などでは、当たり前のように『論語』の素読が行われた。

ただ、大昔から漢文の書物は男が読むべきものとされていたため、淑江の手習い処では、女の筆子たちに漢籍を教えることはなかった。

「儒学の教本……」

お千代は心ひかれる様子で、光太郎の手にした『論語』を見つめている。

「よろしければお貸しいたします」

とびきりの笑顔を添えて差し出された冊子を受け取ると思いきや、お千代は弾(はじ)かれたように踵を返し、座敷へ逃げ込んでしまった。

ああ、お千代さん……と、哀れな声を発した光太郎から恨みがましい目を向けられたが、おけいは知らぬふりをした。世の中すべて思いどおりにゆくとは限らないのである。

そのまま平穏のうちに朝の手習いが終わった。

再び土間に立ち、おけいの横に並んで筆子たちを送り出している光太郎のもとへ、今度はお千代のほうから歩み寄ってきた。

「さっきの『論語』だけど」

口調はぶっきらぼうだが、その頬は赤い。

「どうしてもって言うなら、読んでみてもいいわ」

途端に光太郎の面が輝いた。

「どうぞ、どうぞ。お持ちになって、ゆっくりお読みください」

お千代は真っ赤な顔をうつむけて冊子を受け取ると、風のように走り去った。


薄闇の空の下、十石屋の提灯を手にした岩松がやってきた。

おけいは今夜もさりげなく、岩松からひとつ置いた横並びの文机に座った。

互いの書いた字を見せ合ったり、赤子の万作が肥えた足でよちよち歩きまわる話を聞いたりして過ごす時間は、あっという間に過ぎ去ってしまう。

そろそろ片づけの時刻が近づいたころ、縁側の外から中をのぞいている人影を見て、淑江が声を上げた。

「まあ、お政さんではありませんか。お久しぶりですね」

「すみませんお師匠さま、少しよろしいですか」

折りいって話があるというお政を、淑江は二階へと連れていった。

お政が手習いをやめて、すでに半月経っている。もしかしたら亭主の機嫌が直ったのかもしれないと考えているおけいのもとへ、おたねが油団の上を這うようにやってきた。

「ちょいと、おけいさん」

おたねは小さな目をきらきらさせている。これは仮名の書き方を教わりたいのではなく、とっておきの噂話を聞かせたいときの顔だ。

「お玉さんがしばらく来ないと思ったら、仕事を探しているそうじゃないか」

あらそうでしたかね、と、軽くいなそうとするおけいの耳もとで、おたねがいかにも楽しそうにささやいた。

「とぼけなさんな。あの人が平野屋のご隠居さんの囲い者だったことくらい、とうに知っているよ。あんたが仕事を世話してやろうと躍起になっていることも、孫の〈今光源氏〉がお玉さんの家に出入りしていることもね」

どうやらおたねの地獄耳から逃げきれそうにない。

あきらめて身体ごと向き直ったおけいに、少し真面目な顔でおたねが言った。

「気をつけなさいよ。平野屋の大おかみって人はね、理をわきまえた立派なお方だけど、お玉さんの裏切りだけは今でも根に持っているそうだから」

それにはお玉も心を悩ませている。大おかみのお涼は女傑といわれるだけあって、怒らせると厄介な人物らしい。

「まったく、甚兵衛さんも罪つくりな男だよ。そもそも最初のおかみさんに愛想をつかされたのだって、女中だったお涼さんに手をつけたからなのに、性懲りもなく女中のお玉さんを妾にするなんてさ」

「えっ、最初のおかみさん？」

思わずおけいは聞き返した。甚兵衛の本妻はお涼ではなかったのだろうか。

「もう五十年も昔のことだけど、立派なお店のお嬢さんを嫁に迎えていなさったらしいよ。でも甚兵衛さんは浮気ばかりしているし、お嫁さんのほうは気位が高くて、喧嘩の絶えない夫婦だったと聞いているけどね」

おたねが仕入れた話によると、婚礼から十年が過ぎたころ、よんどころない事情で本妻が実家に長逗留した時期があり、その隙をねらった甚兵衛が、女中見習いのお涼に手をつけて孕ませてしまった。本妻は二度と実家から戻らなかったという。

「結局、そのとき生まれた角兵衛さんが平野屋を継ぐことになるのだけど、当時はいろいろとよからぬ噂が飛び交った。誰もがいぶかしく思ったんだよ。甚兵衛さんの子供を産んだのが、どうしてお涼さん一人だけなのかって」

「お涼さん、一人だけ……」

いつしかおけいは筆を置き、平野屋の昔話に聞き入っていた。

〈今業平〉と呼ばれたほどの甚兵衛である。遊里の女から茶屋娘、若後家、人妻、山だしのおぼこ娘にいたるまで、手を出した女は数知れないが、一人として甚兵衛の子を孕んだ女はいなかった。十年をともに暮らした本妻との間にさえ子がなかったこともあり、『腎張りの甚兵衛さんにはタネがない』と、陰でささやかれていたのだ。

「それなのに、お涼さんだけが身ごもったのはおかしいって、どこからともなく噂が流れたのさ。あれはきっと大坂の本店から手伝いにきていた手代の子に違いない。あと二年は江戸にいるはずだったものが、お涼さんが男の子を産んですぐ大坂に戻されてしまったのがいい証拠だってね」

まことしやかな噂も今となっては事実かどうかわからない。はっきりしているのは、その後も甚兵衛の子を宿した女はいなかったことと、お涼の産んだ一粒種の角兵衛が、美男の甚兵衛とは似ても似つかない面相だったということだけだ。

「お涼さん本人は、それについて一切の申し開きをしなかった。跡取り息子を育てながら、店の仕事も少しずつ覚えて、ひたすら平野屋のために働いたそうだよ」

それから五年、十年と経つうち、商いに身の入らない甚兵衛ではなく、お涼を中心として平野屋の商いがまわるようになり、やがて息子の角兵衛が店を継ぐころには、押しも押されもしない大おかみとしての立場を手に入れたのだった。

「でも因果なもので、孫の光太郎さんが生まれてみれば、お祖父さんの甚兵衛さんにそっくりだった。角兵衛さんのおかみさんが大した美人だから、見た目だけならそっちに似たのだと言われたかもしれないけど」

あの女たらしぶりは、腎張り甚兵衛の血筋としか思えないと、近ごろでは近隣の誰もが口をそろえているという。

（だからお涼さんは、光太郎さんを隠居所に出入りさせたのかもしれない）

もし祖父の甚兵衛と孫の光太郎が似ていると世間が認めたら、父親の角兵衛だけ他人の血筋だとは、もう誰も考えないに決まっている。うがった見方だが、おおむねそんなところだろうとおけいは思った。

平野屋にまつわる噂話が一段落したところで、淑江とお政が二階から下りてきた。慌てて自分の文机へと舞い戻ったおたねに、お政が話しかけている。

「うちの人がやっと納得してくれてね、三日に一度なら手習いにきてもかまわないってさ」

「へえ、よかったじゃないか。あんたがいなくて、あたしも寂しかったよ」

来月から出てくるつもりだというお政のまわりに仲間が集まって、いっそ旦那も一緒に手習いをさせればいいとか、勝手なおしゃべりがはじまった。

そのあいだに、お政とは面識のない岩松だけが、先に文机の上を片づけた。

「お師匠さま、ありがとうございました。また明日もお願いします」

挨拶をして出てゆく岩松を、おけいは裏通りで見送ろうと追いかけた。

すでに六月も下旬となり、月明かりのない暗い夜である。提灯を手にして先に小橋を渡った岩松が、小声でおけいに訊ねてきた。

「あのお政さんの旦那だろう、おけいさんを投げ飛ばして怪我させたのは」

「ええ、でも」

投げられたのではなく、はずみで飛んだだけだ。もう酔って踏み込んでくる心配もなさそうだからと、おけいは前にも言ったことを繰り返した。

「酔っ払いなんてアテにならないぞ。もしまた暴れたら、おれがふんづかまえて朱引きの外まで投げ飛ばしてやるよ」

頼もしく請け合った岩松は、朱引きの外はともかく町屋敷の外までなら本当に投げ飛ばしてしまいそうな太い腕に、立派な力こぶをつくってみせた。

「どうだ、ためしにぶら下がってみな」

遠慮がちにおけいがしがみつくと、岩松は勢いよく腕を振り上げた。

「ひゃあ！」

「ずいぶん軽いなぁ。霞を吊り上げているみたいだ」

実際、子供並みに小さなおけいの身体は軽々と宙に浮いた。ふわり、ふわり、岩松が腕を振るたび、高歯の下駄をはいた足が地面から高く浮き上がる。それが楽しくて、おけいは大男のたくましい腕にぶら下がったまま、子供のように声をたてて笑った。

「そら、足もとに気をつけてくれよ」

二人で笑い合った後、岩松はそっとおけいを地面に下ろしてくれた。

そんな心づかいも嬉しく、また口もとがゆるんでしまいそうなおけいは、うしろを振り返ってハッとした。手習い処の軒先に、カラスのような黒い影がわだかまっている。

（あれは、閑九郎……？）

閑古鳥はいつものように間抜けな声で鳴かなかった。闇の中でもそれとわかる賢そうな瞳で、じっとおけいの顔を見入るだけだ。

その黒々と澄んだ瞳が、おまえは大切なご用を忘れてはいないか、と、問い詰めているようで、おけいは急に後ろめたい心持ちになった。

『女師匠が消し忘れているものを、きれいに消してから帰っておいで』

うしろ戸の婆の言いつけを、なおざりにするつもりはない。でも、ほかの用事にかまけているうち時が経ってしまった。女師匠の淑江がなにを消し忘れているのか、まだ見当さえついていないのに……。

（婆さま、ごめんなさい。もう少しだけ時をください）

黙ってこちらを見ている閑古鳥の目に、おけいは心の中で詫びた。

「どうした、軒の上に何かいるのかい」

常人には見えない鳥を見上げるおけいの横で、岩松がいぶかしそうにしている。

何もいないと答えて軒から顔をそらせたおけいは、裏通りをこちらに向かって歩いてくる二人連れに気づいた。一人は唐辛子（とうがらし）の張り子がついた竹籠（たけかご）を肩にかけたお玉。もう一人はおぶんである。貸本などの重い荷物は持ち運べないお玉に、今日は非力な者にもできる唐辛子売りを試させることになっていたのだ。

「こんな時刻まで売り歩いていたのですか」

「はい……」

姉さんかぶりの手ぬぐいからのぞく顔は、げっそりとやつれている。

「聞いてください、おけいさん。この人ったら深川で迷子になっていたんです」

昼前に唐辛子売りの練習に出かけたお玉が、暗くなっても帰ってこない。心配したおぶんが探しに行こうと思っていたところへ、深川元町の番小屋から、道に迷ったお玉を預かっていると知らせが届いたのだった。

「まあ、一人で行かせたあたしも悪いんですけどね。考えてみたら、この人は江戸の町を隅々まで知ってるわけじゃないんですから」

おぶんの言うとおり、郷里の村から江戸にきたお玉は、平野屋のある大伝馬町の近くと、隠居家のあった向島、それに紺屋町のまわりしか歩いたことがなかったのだ。

「お堀に沿って散歩したことなら何度かあります。だからお堀沿いを歩けば大丈夫だと思っていたんですけど、いつの間にか大川を渡っていて……」

おけいとおぶんは顔を見合わせた。どうやらお玉には歩き売りも難しいようだ。

「どこまで帰るのか知らないが、おれが荷物だけでも持ってやろう」

疲れ切ったお玉の様子を見かねたか、岩松が唐辛子の入った竹籠を下ろさせようとした。家はすぐそこだからと遠慮するお玉は、岩松の顔を見てアッと声を上げた。

「あ、あなたは、もしかして……」

籠を取り上げようとしていた岩松も、手ぬぐいの中の顔を見て手を止めた。

「あんた、あのときの――」

何を驚いているのかわからないおけいの前で、二人はまるで見えない矢に心を射ぬかれたかのごとく見つめ合った。

いつの間にか閑古鳥は、軒の上から姿を消していた。

「面白い巡り合わせですね。お堀の水に落ちたお玉さんを助けてくれたのが、お千代さんのお店の奉公人だったなんて」

午後の手習いを終えた光太郎は、隠居所へと向かいながらしきりに感心していた。

「わたしも驚きました。まさかあのときの女の人がお玉さんだったとは……」

横を歩くおけいも、あらためて縁の不思議を感じていた。

初めてお玉が手習い処にきたとき、以前にもどこかで会ったような気がしてならなかったのだが、〈住吉おどり〉を見物していて堀に落ちた女がお玉だったのだ。

『すみません。私、あのとき自分がどうしたらいいのかわからなくて、その場から早く逃げたい一心だったんです』

溺れたうえに大勢の野次馬に囲まれたお玉はすっかり気が動転し、気がついたときには、ずぶ濡れのまま隠居所に帰っていたのだという。

『この人ったらガタガタ震えるばかりで、お堀に落ちたとも言わないものだから、てっきり天水桶にぶつかって水をかぶったと思っていたんですよ。翌日からひどい風邪で五日も寝込んじまうし、外に干しておいた新品の着物は盗まれちまうし……』

あの唐草模様の小袖は上物だったのにと、おぶんは我がことのように悔しがった。

その後、本復したお玉が自分を助けてくれた男を探しあてて十石屋を訪ねようとしたところ、奇妙なことがわかった。堀で岩松に助けられたと先に名乗り出た女が、恩返しのために働いていたのである。

『おかしな話だと思いました。でも、せっかく働いて恩を返そうとしている人がいるのに、あとから口を出すのは失礼かと思って……』

お玉が名乗り出なかったのをいいことに、十石屋に入り込んだ〈疾風の党〉の一味は、まんまと金を盗んで逃げたのだった。

「こんにちは、お玉さん」

「昨日は大変でしたね。調子はいかがですか」

おけいと光太郎が隠居所を訪ねると、想像していた以上に元気のないお玉が、壁にもたれて両足を投げ出していた。

「お疲れのようですね。今日は練習をしませんから、ゆっくり身体を休めてください」

それを聞いたお玉は、安堵と失望が入りまじった長嘆息をついた。

「やっぱり無理だったんです。こんな私が人並みに働いて稼ごうなんて……」

〈くら姫〉の店蔵では、まわりが忙しく立ち働く中で突っ立っているだけだった。簡単なはずの内職は何をやってもまともにできない。歩き売りに出れば道に迷ってしまう。もう自分に愛想が尽きてしまったと、お玉は初めて涙をこぼした。

「十石屋さんのことだって、私がちゃんとお礼を言えばよかったんです。よく考えもしないで身を引いたりしたものだから、ご恩を仇で返すような始末になって……」

きっとまた恨みを買ってしまったに違いないと、お玉はすすり泣いた。

「しっかりしてください。泣いたってなにも変わりませんよ」

厳しい口調で叱ったのは、意外や女に優しいはずの光太郎だった。

「さっきお千代さんと話したのですが、十石屋の人たちは、お玉さんのことを恨んだりしていません。盗っ人を呼び込んでしまったのは自分たちだから仕方がないと言って、さばさばしたものだそうです」

だからお玉さんもいじけてはいけないと、光太郎は強い言葉で励ました。

「光太郎さんの言うとおりです。元気をだしてください。ああ、こんなときは何かお腹に入れると気分が変わるのだけど……」

おけいのつぶやきを聞いて台所へ行った光太郎が、すぐに手ぶらで戻ってきた。

「いつもだったらおぶんさんが、おやつの握り飯を用意してくれるのですが、今日はお出かけのようですね。買い置きの饅頭もありません」

すると、お玉が涙をぬぐいながら立ち上がった。

「おぶんは急用で出かけましたけど、ご飯は炊きあがっていると思います。私でよろしければ、光太郎さんのおやつをお作りします」

はたして不器用なお玉に飯が握れるのか疑問だったが、おけいは黙ってお玉のあとに続いた。台所の板の間には、おぶんが用意していったと思われる杉のお櫃（ひつ）としゃもじ、塩の入った壺が置かれている。

「では、わたしがご飯をお櫃に移しておきます。お玉さんは手を洗ってください」

お玉が流しで手を洗うあいだに、おけいは釜の蓋を上げ、もわっと白く立ちのぼる湯気が薄れるのを待って、しゃもじを入れた。

（うわ……なんて美味（おい）しそうなご飯なんだろう）

おけいは目を見張った。ぴかぴかの白飯は、米のひと粒ひと粒がふっくらと立ち上がって、甘い香りが鼻をくすぐる。これまで何軒ものお店を渡り歩き、それぞれの釜の飯を味わってきたおけいでも、これほど旨（うま）そうな白飯を見るのは初めてだった。

「ああ、今日もいい炊きあがりだな」

お櫃の中で湯気をあげる飯を見て、光太郎が唾を飲み込んだ。

「うちのお祖父さまは、ご飯と漬物があれば満足する人だったのですけど、飯の炊き方だけはうるさかったんです」

向島から越してくる際、飯炊き名人の弟子が麹町にいると噂を聞き、知人を介して雇い入れたのがおぶんだったという。

「私も白いご飯には目がないので、ここに来るたびに、おぶんさんの握り飯を食べさせてもらうのが楽しみなんですよ」

今日はおぶんの代わりに自分が飯を握ると言い出したお玉は、怪しい手つきでしゃもじを持つと、おけいが板の間に置いたお櫃から、まず茶碗に飯を盛った。目分量ではなく茶碗で飯の量をはかろうとする心がけは立派である。次に少量の塩を手にまぶして、いよいよ飯を握りはじめた。

ぎこちない手の動きと、白飯の行く末が気になり、つい息をひそめるおけいと光太郎に見守られながら、お玉は存外早く一個目を仕上げた。

おけいが差し出す皿の上にのせられたのは、予想を裏切らないデコボコの握り飯だった。そもそも丸く握るつもりだったのか、三角にし損なったのか、うまく言い表せない不思議なかたちをしている。それでもお玉にとっては満足のできだったらしく、続けてもうひとつ握って皿に並べると、笑顔で光太郎に勧めた。

「どうぞ、召し上がれ」

「あ、ありがとうございます。お玉さんに握ってもらうなんて、きっと白飯も本望でしょう。では遠慮なくいただきます」

軽口をたたきながら度胸をきめ、光太郎が男らしく握り飯に食いついた。

（大丈夫かしら。まさか塩っ辛くて飲み込めないなんてことは……）

心配するおけいの前で、光太郎は飯を咀嚼し、飲み込んだあとにつぶやいた。

「うまい……」

思わず耳を疑いそうになったが、手にした握り飯をまたたくうちに食べてしまった光太郎は、勢い込んでおけいに言った。

「すっごく旨いです。いつもおぶんさんが握ってくれるものより旨いかもしれない。嘘だと思うなら食べてみてください」

まさかと思いつつ、もうひとつの握り飯を口に入れたおけいも仰天した。

（な、なんでこんなに美味しいの……！）

不格好な握り飯がやたらと旨い。もちろん飯の炊き方が上手なせいもあるだろうが、ふわりと口の中でほどける握り方もまた絶妙なのだ。

褒められたことがよほど嬉しかったのか、お玉は手を真っ赤にして熱い飯を握り続けた。

その姿を見ながら、おけいの頭にある考えが浮かんだのだった。

◘

筆子たちが帰った夕方の座敷で、淑江は教本の手入れをしていた。小さな筆子が汚したり破いたりした箇所に紙を貼り、上から書き直すのである。

「本当に、今日はお玉さんのお家へ行かなくてもいいのですか」

紙を貼る作業を手伝うおけいに、淑江が小筆を置いて訊ねた。

「大丈夫です。店台も整いましたし、お米は十石屋の岩松さんが運んでくれる手はずですから、あとは八日の店開きを待つだけです」

「いよいよお玉さんの握り飯が売り出されるのですね」

楽しみなことです、と、心から喜んでいる淑江の顔を見ると、おけいもここ数日の忙しさを忘れてしまいそうになった。


ことの発端は数日前、お玉が握った白飯のあまりの旨さに驚いたおけいが、これは売りものになるかもしれないと考えたことだった。

さっそく舌の肥えた人たちに食べ比べをしてもらったところ、おぶんが作ったきれいな三角握りと、お玉のいびつな握り飯とでは、みなお玉の握ったほうが旨いと口をそろえた。とりわけ食通として名を知られる味々堂(まいまいどう)の蝸牛斎(かぎゅうさい)からお墨付きをもらえたことは、お玉にとって大きな自信となった。

『なぜデコボコのほうが旨いのか、わしにもわからんよ。もしかしたら、下手(へた)にかたちを整えようとしないのが秘訣(ひけつ)かもしれんな』

確かにお玉は見た目にこだわっていない。大きな茶碗ではかった白飯を手に取ると、ほんの二、三回、手の中で軽く転がすだけだ。

とにかく蝸牛斎をはじめ、〈くら姫〉の女店主や料理人の辰三までが、お玉の握り飯のほうが旨いと言ってくれたことを知り、当人はすっかりその気になった。

『私、やります。おけいさんの言うとおり、ご隠居さまが残してくださったこの家で、握り飯をたくさん作って売ります』

そのためには、おぶんの力が欠かせなかった。かつて飯炊き名人から直々に伝授されたというおぶんの飯がなければ、いかにお玉の握り方が絶妙とはいえ、食通をうならせるほどの握り飯には仕上がらないのだから。

『よござんすよ』

少し気取っておぶんは承諾した。

『あたしはこの家が気に入ってるんです。お玉さんがここで握り飯を売りたいというなら、いくらでも飯を炊かせていただきます』

飯の中に梅干しや佃煮（つくだに）を入れる案も浮かんだが、根が不器用なお玉は塩むすびしか握れなかった。たくあんを切って添えるにも手間がかかるし、どうしようか悩んでいるところへ、淑江が思わぬものを差し入れた。

『よろしければ、これを使ってみてくださいな』

淑江が持参した風呂敷には、海苔（のり）の束が入っていた。

『さっき、大森村のおよしから届きました。もし店で使えそうならおっしゃってください。取り寄せる段取りをつけますから』

大森村は浅草海苔の産地として知られている。およしの実家でも漁師と海苔づくりを兼ねていて、破れたり端が切れたりしてまともな値がつかない海苔を、まとめて送ってくるのだという。

おけいは海苔を手でちぎり、握り飯に貼りつけることを思いついた。はさみできれいに切ったものより、大雑把にちぎった海苔のほうがデコボコの握り飯に似合っているし、なにより手先の不器用なお玉でもたやすいだろう。

握り飯は二個ずつ竹の皮で包んでおいたものを、店先に並べて売ることにした。

店台をこしらえたのはお政の亭主だった。腕利きとは言えないまでも、本職の指物大工だから手際がよい。仕事帰りの時間を使って頑丈な店台を仕上げると、着物を汚した償いだと言って、手間賃を受け取ろうとしなかった。

店で使う白米は、十石屋の岩松が搗きたての米を毎日届けることになった。

あとは静かな町屋敷の一角にある店まで、どうやって客を呼び込むかだったが、紙屑買いの親父をはじめとする筆子仲間が、仕事のついでに触れ歩くと言ってくれた。

お玉を雇い入れることを断った〈くら姫〉の仙太郎なども、知り合いの女衆にこっそり宣伝してくれたようだ。

こうしてお玉の握り飯は、七月八日から売り出される運びとなったのだった。

夕方になって暑さがやわらぎ、縁側から涼しい風が吹き込んだ。

おけいが手入れの終わった教本を書架に戻していると、勢いよく表の戸が開いた。

「お師匠さま、一大事です！」

「まあ、光太郎さん。何ごとですか」

いつになく慌てた様子の光太郎は、下駄を脱ぎ捨てる間も惜しんで言った。

「うちのお祖母さまが、お玉さんにうわなり打ちを仕掛けるつもりです」

うわなり打ちと聞いて、おけいはぎょっとした。手当たり次第にものを壊され、布団まで引き裂かれていたお春の家のありさまが、まざまざとまぶたの裏によみがえる。

「今すぐではないのですね。いつ押しかけるのかわかりますか」

淑江は冷静だった。一瞬青ざめたものの、すぐ落ち着いて光太郎に確かめた。

「あさってです。七月八日の店開きに合わせて鎌や大槌をそろえたいと、昔馴染みの女たちに相談しているのを聞きました」

どうやらお玉が隠居所で握り飯屋をはじめることが、お涼の耳に入ってしまったらしい。

開店に向けて仲間たちが触れ歩いたことが裏目に出てしまった。

「お父つぁんがやめさせようと説得していますけど、おそらくお祖母さまは聞き入れないでしょう。一度やると決めたことを簡単にあきらめる人ではないんです」

「お玉さんは、このことを……」

もう知っているのかと訊ねるおけいに、光太郎が即刻うなずいた。

「今しがた手代を連れてお知らせにあがりました。おぶんさんと二人だけでは不安でしょうから、今晩から店の者を交代で泊まらせることにします」

さすがに光太郎は手まわしがいい。しかし気の毒なお玉は、ついに平野屋の大おかみが積年の恨みを晴らすつもりだと知って、震えあがっているという。

（無理もないわ。あれほどお涼さんのことを怖がっていたのだもの。しかも店開きの当日にお店が打ち壊されるかもしれないなんて）

今になってわかったことだが、甚兵衛がお玉に残すと言っていた隠居所は、まだ正式にはお玉のものになっていなかった。いずれそうするつもりだったのだろうが、証文を書き換えないまま急逝してしまったらしい。

「お師匠さま」

光太郎は、改めて淑江の前にかしこまった。

「こうなった以上、手前どもの力だけでは、お祖母さまを止められません。どうか平野屋にお出ましをいただけませんでしょうか」

真っ向からの依頼に、淑江の目が伏せられた。

「なぜ、私に……」

それを頼むのかと問われ、光太郎が迷いなく答える。

「わたしは亡くなったお祖父さまが好きでした。お祖父さまに代わって店を支えてくれたお祖母さまも好きですし、お祖父さまのお気に入りだったお玉さんも大好きです。だから、お師匠さまのことも好きになりたくて、こちらの筆子にしていただいたのです」

「………」

見つめ合う二人がいったい何の話をしているのか、おけいにはよくわからなかった。

そのまま夕暮れ色の座敷に静かな時間だけが流れた。

「考えさせてください。今夜、ひと晩だけでも」

珍しく淑江の歯切れが悪い。

明日は手習い処の休日だが、いつもの時刻に来ると言い残して光太郎は帰っていった。

暮れ六つの鐘が鳴り終わっても、淑江は縁側に座して中庭を見ていた。

「あなたもお座りなさい。お知らせしたいことがあります」

蚊遣り(かや)を差し入れて下がろうとするおけいを、中庭を向いたまま淑江が引きとめた。

まだ昼間は暑いが、日が落ちた途端に涼しくなる。草むらで鳴く虫の声を聞くまでもなく、季節は秋へと移ろいでいるのだ。

「早いものですね。あなたにきていただいて、もうふた月が過ぎてしまいました」

横に並んで座ったおけいに、淑江がしみじみ語りかけた。

「ご厚意に甘えて、すっかりお使い立てをしてしまいましたが……」

「およしさんが、戻ってこられるのですね」

淑江は、中庭の木槿の花に向かって首肯した。

「明日の夕刻にはこちらに戻れそうだと、今朝がた知らせの文が届きました」

そろそろだろうと覚悟していた。思わぬ長逗留になっていたが、郷里に帰っていた女中のおよしが戻れば、もうここにおけいの仕事はない。すっかり親しんだ淑江はもちろん、かわいい筆子たちと別れるのは寂しいが、女中というより腹心の友であるおよしの帰参は、淑江のために喜ばしいことなのだ。

「人の縁とは不思議なものですね。私が二十一の歳に嫁いだお店で、下女中として働いていたのがおよしです。当時はまだ子供でしたが、二年、三年と経つうちに大らかな気性が気に入って、私つきの女中にしました。以来どこへ行くにも必ず供をして、里帰りした私がもう婚家には戻らないと決めたときも、一緒に残ってくれました」

なにげない昔語りの中に、とても大事なくだりが含まれていたことに気づき、おけいは身体ごと淑江に向き直った。

「あ、あの、お師匠さまが嫁いでらしたお店とは、もしや……」

「大伝馬町の平野屋さんです。〈今業平〉の最初の連れ合いは私だったのですよ」

あっけにとられるおけいの前で、淑江の横顔がかすかに微笑した。

「もう何度も聞かされたでしょうが、甚兵衛さんは呆れるほど気が多い人でした。平野屋に嫁いだ当初は、私も太物問屋の嫁として仕事を覚えようとしたのですが、そのうち女のもとを遊び歩いてばかりいる甚兵衛さんに腹が立ってきて、こんな人の代わりに店を切り盛りするのはまっぴらだと思ってしまったのです」

気の強い淑江は、自分が思っていることを腹に溜めてはおけなかった。亭主に言いたいことを言って喧嘩を繰り返した挙句、どちらも家業から遠ざかってしまった。それでも平野屋の暖簾が続いたのは、番頭をはじめとする奉公人たちが実直に働いてくれたお蔭なのだと、淑江は自嘲をこめて苦笑いをした。

「あれは嫁いで十年目のことでした。実家の肥後屋を継いだ弟のお嫁さんが、お産で亡くなったと訃報が届いたのです。平野屋の暮らしに飽いていた私は、およしを連れて肥後屋に戻り、残された甥っ子の世話をして過ごしました」

淑江の里帰りは長期にわたった。平野屋から呼び戻されることもないまま一年が過ぎたころ、女中見習いのお涼が甚兵衛の子を産んだと、風の便りに聞いたのである。

「お涼さんは、私が実家へ帰る少し前に田舎から出てきた人です。とても勝気な娘さんで、女中頭に叱られるたび悔しがって泣いていたのを覚えています」

ともかく本妻の自分が一人も子を産まなかった以上、お涼の産んだ赤子が平野屋の跡取りとなることは間違いない。夫の甚兵衛とは数年来まともに口をきいたことすらなかった淑江は、もう二度と婚家に戻るまいと心に決めたのだった。

これで平野屋にまつわる話は終わりかと思いきや、まだ大事な続きがあった。

「実家にとどまった私は、そのうち平野屋から三下り半（離縁状）が届くだろうと思っていました。ところが何年待っても音沙汰がありません。こちらから言い出すのも業腹なので、こっそり町名主の益田屋七右衛門さまのもとへご相談にうかがいました」

光太郎の入門の件で訪ねてきた黒紋付き姿の老人を、おけいは思い出した。

四十年前、まだ大伝馬町の名主を継いだばかりだった若き日の七右衛門は、御高祖頭巾をとった淑江を前に、苦々しい顔でこう言ったという。

『いやはや甚兵衛さんには困りました。三下り半を書くつもりはない、自分の正妻は淑江さんのままでよいと言うのですよ。女は正妻の座にすえた途端に強くなる。いつでも追い出せる女中の立場にとどめておけば、お涼さんもおとなしくしているだろうから、人別帳を書き換える必要もないと――』

各町の自身番屋には、町に住む人々の結婚や出産、転出入などを記した人別帳がある。それとは別に、御上が檀那寺に管理させている宗門人別帳と呼ばれる正式な帳簿もあるのだが、その両方とも、甚兵衛の妻の名は淑江になっているらしい。

（なんて勝手な人かしら。長いあいだ平野屋のために尽くして、大おかみと呼ばれているお涼さんが、人別帳では女中扱いだなんて……）

光太郎にとってはいい祖父だったかもしれないが、甚兵衛の因業ぶりに、おけいは腹が立って仕方がなかった。

「私も同じ穴の貉です。人別帳から名前を抜いてくれとこちらから願い出れば、甚兵衛さんも嫌とは言えなかったはずです。なのに、私は四十年も放置してきました。心のどこかで、あの人の子供を産んだお涼さんを妬む気持ちがあったからかもしれません」

ようやくおけいは、自分がここにいることの意味を知った。

消さなくてはならない。誰も傷つけることなく、女たちの積み重なった恩讐を消し去らなくてはならない。これがうしろ戸の婆に言いつかった役目なのだ。

「お師匠さま、お夕食はおひとりで召し上がってください」

おけいはすぐさま動いた。

「わたし、今からお玉さんの家へ行ってきます。光太郎さんと、お千代さんのお店にも行って、ほかの筆子さんたちにも加勢を頼まなくては――」

お涼のうわなり打ちは明後日。のんびりしている暇はなかった。

◉

七月七日の七夕は五節句のひとつに数えられる。

織姫と彦星が天の川で出会うとされるこの日は、織姫にちなんで機織りや裁縫の上達を祈る風習が古くからあり、今でも子供の技芸上達を願った五色の短冊を、網飾りなどの切紙細工とともに笹竹に結んで飾る行事が広く行われている。

家々の軒端に緑の笹竹が揺れる七夕の朝、にわかに竹林で囲われたような町人地の表通りを、風変わりな一団が歩いていた。二十人ばかりの女の児たちが、整然と並んで南へと向かっているのだ。

どの子もおそろいの白いハチマキを巻き、白いたすきをかけた勇ましい格好で、竹槍のようなものを肩にかついでいる。中には手桶を提げて歩く子もいて、季節外れだが『忠臣蔵』の討ち入りのようだ。

もちろんそれらの女の児を率いるのは大星由良助ではない。先頭をゆくのは白衣に若草色の袴をつけた小柄な巫女だった。

「みなさん、いったん止まってください」

町境まできたところで、おけいは歩くのをやめて振り返った。

「この先は声を出して行きますから、ご唱和をお願いします」

はいっ、と、二十人ばかりの筆子たちが、普段にもましてよい返事をした。

筆子らが手にしているのは竹槍ではなく、先端に白い紙を巻いた竿竹だった。気をつけて見れば、それが大きな筆に似せて作られていることがわかる。ちなみにこの竿は、竿竹売りを生業(なりわい)としているおたけの父親が融通してくれたものだ。

お伸が大事そうに運んでいる手桶の中には、イカ墨を水で溶かした黒い汁がたっぷりと入っていた。本物の墨を大量にするのは手間がかかるし、なにより大切な書道具を無駄にしたくはない。そこで棒手振り(ぼてふ)の魚売りをしているお伸の父親に頼み、スミイカの墨袋を集めてもらったのだ。

得物(えもの)を手にした筆子たちの顔が、やる気に満ちていることを確かめると、おけいは再び前を向き、大きな声で呼ばわった。

「うわなり打ちー、うわなり打ちでございまーす」

続けて筆子たちが唱和する。

「うわなり打ちでございまーす」

おけいは自分のうしろに筆子頭のお園の声を聞いた。甲高(かんだか)いおいとの声も、よくとおるお千代の声も聞こえる。一緒に歩く筆子たちは、みな節句の休日だというのに朝早くから支度を手伝いにきてくれた。

「うわなり打ちー、うわなり打ちでございまーす」

支度にかかった費用は、お玉が出直し神社で授かった百文のたね銭でまかなわれた。

昨晩、お玉のもとを訪ね、先手に打って出るつもりだと告げたおけいに、それならこの銭を使ってほしい、自分には神さまの御心にかなう使い道がわからないからと、百文ざしがそっくり託されたのだ。

「またうわなり打ちだとよ」

「近ごろ多いねぇ」

行きかう人々が足を止め、物珍しげに振り返る。

「見ろ、子供ばっかしじゃねえか。どこへ討ち入ろうってんだ」

目指すは大伝馬町の平野屋である。

おけいたち一行が、衆目を集めながら大伝馬町の表通りに面した平野屋に到着し、店に向かって隊列を整えるころには、結構な数の見物人がまわりを取り巻いていた。

外の騒ぎを聞きつけ、平野屋の番頭と手代が飛び出してきた。

「こ、これこれ、どこのお嬢さんたちかは存じませんが、店の前に並ばれては商いの妨げになります。どこか他所（よそ）へ行って——」

「うわなり打ちでございます」

追い払おうとする番頭の言葉を、おけいの声がさえぎった。同時に年長組の筆子たちが進み出て、手桶の中のイカ墨に大きな筆の先を浸した。引き上げられた筆の穂先からは、ポタポタと生臭い黒汁がしたたりおちている。

「ま、まさか、それを……」

女の児たちの思惑を察した番頭が顔色を失った。

平野屋は太物問屋である。店の中には真っ白な河内木綿がうず高く積み上げられていて、これに墨がかかれば、もう売りものにならない。

慌てふためき、いったん店に逃げ戻った番頭たちが、今度は地味な木綿絣(がすり)を着た女を前に押し立てて出てきた。

(あれが、大おかみのお涼さん……?)

初めて目にするお涼は、痩せているうえに背中が曲がり、五十八という年齢よりも老けて見えた。ふてぶてしい女丈夫を思い描いていたおけいには少しばかり肩すかしだったが、当初の筋書きに沿って声を張り上げた。

「もの申す、もの申すぅー」

びくっとしてこちらを見たお涼に向かい、用意してきた口上を述べる。

「親は一世、師は三世、一字千金のことわりにて、われら手習い処の筆子一同、大恩あるお師匠さまになり代わり、打ちたたかせていただきます」

「打ちたたかせていただきます！」

最後のくだりを唱和して、筆子たちが両手で抱えた大筆を竹槍のように構えた。

お涼はまだ事情が呑み込めていない様子だが、筆子たちの目は堂々たる店構えの平野屋を狙い定めている。そこを目指して、黒汁をしたたらせた大きな筆がいっせいに打ちかかるかと思われた、まさにそのとき――、

「お待ちなさい」

遠巻きに見物する野次馬の中から制止の声がかかった。衆目を引きよせ、お涼と筆子たちとのあいだに割って入ったのは、場違いなほど落ち着き払った老女である。

「久しいですね、お涼さん」

歯切れのよい老女の声と品のよい面立ちに、お涼が棒立ちとなった。

「あ、あなたは、淑江さま……」

節くれだった手が、わなわなと震えだした。

縁を断つこと四十年。それだけの歳月を経てもなお、顔と名前を忘れることができなかった女主人の登場に、ようやくお涼は今なにがはじまろうとしているのかを悟ったのだ。

「お互い、歳を取りましたね」

幼馴染みと出会ったかのように、淑江が語りかけた。

「またお目にかかろうとは、夢にも思いませんでした。しかもこんなかたちで……」

淑江の背後には、先手のうわなり打ちを企てたおけいと筆子たちがいる。どの子も合図

があれば打ちかかろうと、大筆を上段に構えている。

「しばらく、しばらく！」

「しばしお待ちを！」

そこへ頃合いを見計らったかのように飛び出てきたのは、店主らしき男と光太郎だった。

二人はお涼の左右に立つと、おもむろに膝をついて路上に座した。

「初めてお目にかかります、手前がお涼の一子、角兵衛にてございます。このたびは、父・甚兵衛の本妻であらせられます淑江さまのお手をわずらわせる始末となりました。これというのも平野屋の跡目を継がせていただきながら、母の不義理にいっさいの詫びと釈明をしてこなかった、手前の不心得によるものです」

ひと息にしゃべり切った角兵衛は、両手を地面につき、どうか積年の非礼をお許し願いたいと、淑江に深く頭を下げた。

「私からもお願い申し上げます」

お涼をはさんで反対側に座した光太郎が続けた。

「お師匠さま、どうか父と祖母をお許しください。亡くなった祖父のことも、許しがたいでしょうが許してやってください」

それを聞いて、お涼までがくずおれるように膝をついた。

「不心得者は私でした。淑江さま、このとおり——」

勝気で知られた大おかみの土下座に、近所の見物人からどよめきが起こる。

「お顔を上げてください、お涼さん」

淑江が一歩前へ出て言った。その顔に恨みの相はなく、筆子たちにものの道理を説いて聞かせるときと同じ口調だった。

「私は、性根の悪い嫁でした。甚兵衛さんの行いに腹を立て、その悪癖をひた隠しにして私を嫁に迎えた平野屋にも腹を立て、いっそこんな店などつぶれてしまえと心のどこかで思っていました。でも、あなたは違った」

どうしようもない甚兵衛に代わって平野屋を支え、身代をひとまわりも大きくしたのはお涼である。跡取り息子の角兵衛を産み育てたのもお涼だ。平野屋の大おかみはお涼しかいないのだと淑江は言った。

「お玉さんのことさえなければ、私がこの場に出てくることはなかったはずです。どうでしょう、明日のうわなり打ちは勘弁していただけませんか。女同士で憎しみをぶつけ合うのは意味のないことです。お涼さんが納得してくださるなら、私の筆子たちも矛先をおさめると思うのですが……」

お涼がひれ伏したのを見届けて、おけいは合図をおくった。たちまち討ち入りの構えを解いた筆子たちは、「ああ、面白かったねぇ」などと笑い合っている。

これ以上の騒ぎはないと悟った野次馬たちも、つまらなそうに散っていった。

「お祖母さま、あちらをご覧ください」

お涼の手をとって立ち上がらせた光太郎が、道の端にうずくまる人影を示した。

あっ、と、またしてもお涼が小さく叫んで見入る先には、お玉の姿があった。

おぶんにつき添われたお玉は、家の軒端に立てられた七夕飾りの下で、地面に額が擦れるほど深く頭を下げ、お涼に精一杯の礼を尽くしていた。

「こうなったからには、私も意地を捨てなくてはなりませんね」

そう言うと、淑江は大伝馬町の自身番屋へ行き、待ち構えていた町名主・益田屋七右衛門立ち会いのもと、町の人別帳から自分の名前を消した。

檀那寺にある宗門人別帳も、後日、平野屋角兵衛が出向いて書き換えると決まった。

これで女師匠が消し忘れていたものは、きれいに消えてしまったのである。

その日の夕方、およしが紺屋町に帰ってきた。

五十年来の心の友が再会を喜び合う姿を見届けると、おけいは自分のささやかな荷物をまとめた。あとひと晩だけでもゆっくりしていくよう淑江が引きとめても、首を縦に振らなかった。役目が終わった以上、もう出直し神社に戻らなくてはならない。

「これで失礼いたします」

「近いうちに遊びにきてくださいますね。約束ですよ」

名残惜しげな淑江とおよしに見送られたおけいは、最後のお使いを引き受けた。およしが大森村から担いできた海苔の箱を、お玉のもとへ届けるのだ。

いよいよ明日は、お玉の握り飯屋〈おたま屋〉の店開きである。きっと最後の支度に追われているころだろう。

「ごめんください、お玉さん」

商いの店台が置かれた表土間には誰もいなかった。座敷の奥から聞こえてくる懐かしい音に誘われ、おけいは家の中を突っ切って、台所の障子を少しだけ引いてみた。

（やっぱり、岩松さんがきていたんだ）

台所の土間では、十石屋の岩松が木製の臼と杵を使って米を搗いていた。お玉は板の間に座り、握り飯を包むための竹皮を拭いている。明日の支度にいそしみながらも、二人は楽しそうにおしゃべりをしていた。

「でも、本当にいいんですか。いくらおぶんが搗きたての米を使いたいと言ったからって、これから毎日うちに通ってもらうなんて」

「かまわないよ。おれには手習い処に来るついでがあるんだから」

この程度の仕事はお茶の子だと、答える岩松の顔は耳まで赤かった。

「それよりお玉さん。商いに慣れたら、また手習い処に来ないか。あんたも少し前には、お師匠さまのもとへ通っていたんだろう。おれは高札場の触れ書きが読めるようになるまで頑張るつもりだが、あんたが一緒だと、その、張り合いがあるというか……」

「……………」

お玉の返事は小さすぎて聞こえなかった。だが、うつむいた白い頬が、熟れたグミの実のような朱色に染まったことだけは見てとれた。

気を利かせたおぶんが、裏庭で米を研ぐ音が小さく聞こえる。

おけいも静かに障子を閉めると、その場に海苔の箱だけ残して立ち去った。

◉

「よかったじゃないか。ツチノコにも人並み以上に上手なことがあったわけだ」

西日が差しはじめた社殿の簀子縁に座って、うしろ戸の婆が笑った。

「ここまで知らせにきていただいて感謝します」

おけいが礼を言った相手は、十石屋のお千代だった。手習い処が盆休みに入ったからと、出直し神社を訪ねてきたのだ。

「お玉さんの握り飯は、よその店より断然美味しいって大評判なんです。〈おたま屋〉の塩むすびだから〈玉むすび〉って呼ばれて、一度買っていった人は、必ずまた買いにくるそうです。いつも正午前には売り切れてしまうのですよ」

お玉の店が好調だと聞いて、おけいも嬉しかった。不格好だが味のよい握り飯を、ぎこちない手つきでこしらえている姿が目に浮かぶようだ。

紺屋町の新しい名物として、〈おたま屋〉は末永く繁盛するに違いない。なにしろお玉には飯炊き上手のおぶんがついている。それに……。

淡い思いを断ち切るように、おけいは話をかえた。

「ところでお千代さん。今日のお召しもの、とてもよくお似合いですね」

「ありがとうございます。光太郎さんに——いえ、平野屋さんにいただきました」

数日前のこと、うわなり打ちの後片づけをしている女の児たちを手伝おうとした光太郎が、ふざけてイカ墨を含んだ大筆を振りまわした挙句、お千代の着物にべったりと筆先を擦りつけてしまったのだった。

「あの晩、光太郎さんのお母さまがうちまで謝りにきてくださって、汚れた着物の代わりにこれをくださいました」

お千代が恥じらいながら『これ』と言ったのは、麻の葉模様が入った薄紅色の着物だった。光太郎の姉のお下がりらしいが、着るものでこれほど変わるのかと感心するほど、お千代はお店のお嬢さんらしく見栄えがした。

おけいがにらんだところ、光太郎はうっかりお千代の着物を汚してしまったわけではないだろう。あれはきっと——。

ひとりニヤニヤしているおけいに、お千代が少し寂しそうな顔で告げた。

「光太郎さんですけど、今月いっぱいで手習い処をやめるそうです」

「えっ、そうなのですか」

これは寝耳に水だった。せっかくかわいい女の児がたくさんいる手習い処にきたというのに、たったの二か月でやめてしまうとは……。

「三河町の先生のもとへ帰るのだね」

左目を細め、彼方（かなた）を見晴るかす目つきをしていた婆が、おもむろに口を開いた。

「そのとおりです。お婆さまは何でもご存じなのですね」

お千代が人づてに聞いた話によると、もともと光太郎は林玄峯（はやしげんほう）という偉い先生の私塾に通っていたが、ある日突然、大事な用ができたと言ってやめてしまい、町名主に頼み込んで淑江の手習い処を紹介してもらったのだという。

「大した〈今光源氏〉じゃないか。顔もいい。頭もいい。罪つくりな祖父さんの代わりに女たちの始末をつけようと考えるくらいだから、心根もいいのだろう」

ついこのあいだまで毛嫌いしていた光太郎が褒めちぎられても、お千代は異論を唱えなかった。それどころか、弾むような動きで簀子の上に立ち上がった。

「そろそろ失礼します」

「あら、今きたばかりなのに」

引きとめようとするおけいに、お千代が申し訳なさそうに言った。

「夕方から船に乗るんです。今夜は平野屋さんの花火が上がるので、お師匠さまや、お玉さんたちがお招きを受けていて、私も乗せてもらえることになりました」

大川ではひと夏に三回の大花火が上がるが、それ以外にも裕福な町人たちが金を払って花火を打ち上げる。自分が買った花火で夏の夜空を飾ることは、見栄を張るのが大好きな江戸っ子の夢なのだ。

「お盆休みのうちにまたきます」

走り去るお千代に驚いたか、バッタが草むらから跳び出した。近隣の寺で鳴いているツクツクボウシの声は、早くも夏が終わりに近づいたことを教えている。

「平野屋の大おかみという人は、噂にたがわぬ器量人だね。先妻と、後妻と、お妾さんが、ひとつの船に乗り込んで花火見物とは洒落ている」

いかにも愉快そうな婆の高笑いを聞きながら、ふと、おけいが口走った。

「結局、あの噂は本当だったのでしょうか。お涼さんの産んだ角兵衛さんが、じつは甚兵衛さんのタネではなかったなんて……」

言っている途中でおけいは悟った。

「どうでもいいことなのですね。神さまがご存じなら」

「おまえも、わかってきたじゃないか」

微笑みかわす二人の前を、昨日より涼しい風が吹き抜けた。
枯れ木の鳥居の上で、閑古鳥が大きなあくびをした。

参考文献

吉田伸之著『成熟する江戸　日本の歴史17』（講談社学術文庫）

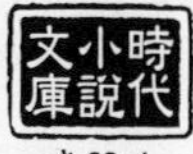

さ 23-4

神(かみ)のひき臼(うす) 出直(でなお)し神社(じんじゃ)たね銭貸(せんが)し

著者 櫻部由美子(さくらべゆみこ)

2021年12月18日第一刷発行

発行者 角川春樹

発行所 株式会社 角川春樹事務所

〒102-0074 東京都千代田区九段南2-1-30 イタリア文化会館

電話 03(3263)5247[編集] 03(3263)5881[営業]

印刷・製本 中央精版印刷株式会社

フォーマット・デザイン&シンボルマーク 芦澤泰偉

ISBN978-4-7584-4448-4 C0193

http://www.kadokawaharuki.co.jp/[営業]

fanmail@kadokawaharuki.co.jp[編集] ご意見・ご感想をお寄せください。